メロディ・フェア

宮下奈都

ポプラ文庫

メロディ・フェア

無人島に何かひとつ好きなものを持っていっていいと言われたら、迷わず口紅を選ぶだろう。誰も見るひとがいなくても、聞こえてくるのが果てしなく繰り返される波の音だけだとしても、ほんとうに気に入っている口紅が一本あれば。毎朝それを引くことで、生きる気力を奮い立たせることができるような気がする。

無人島でなくても、むろん田舎町のくたびれた家の二階の六畳の自室でも。鏡に向かい口紅を引く瞬間は何ものにも代えがたい。

化粧水を丹念にパッティングして肌理《きめ》を整える。肌がもっちりとしたところに美容液をつける。てのひら全体で押さえて、肌がよろこんでいるのを実感したら、乳液で保湿する。下地をつくり、ファンデーションを伸ばす。眉、目元、頬、ひとつずつ順番にメイクをするうちに、だんだん顔がいきいきしてくるのがわかる。最後にようやくたどりつくのが唇だ。今日の気分と肌の色味の加減を考えて、ぴったり似合う一本を選び出す。これが朝いちばんの楽しみだ。細い筆でやわらかい紅をすくう。それをそっと唇に載せるときの弾む気持ち。そして、筆が唇に触れるときの恍惚。色づいた唇から生まれる微笑み。ここから始まる一日に何かいいことが起こりそうな予感がする。

ピンクがテーマカラーの化粧品会社のカウンターに勤め始めて一か月になる。

大学を出て田舎に戻ると決めたとき、就職の心配はしていなかった。田舎へ帰りさえすればなんとかなるだろうと思っていたのだ。どこの町にも化粧品カウンターはある。ひとの多い都会より、小さい町ならそれだけカウンターの内側に立てる可能性は高いと踏んでのことだ。

望んだとおりにはいかなかった。第一希望だった赤や白や、外資系の色とりどりに落ちて、なんとか引っかかったのがピンクの会社だ。がんばってはいるものの、あまりぱっとせず、赤や白の一歩か二歩、いやもっと後ろを小走りに付いていくような印象の会社だった。就職が決まる前にここの化粧品を買ったのは、暇潰しに覗いたデパートのカウンターで見つけた口紅一本だけだ。

「ばっかでないの」

妹にまで笑われて、ちょっとへこんだ。

「今はどこも大変なの。帰ってくればなんとかなるなんて、思いっ切り甘いって」

三つ下の珠美《たまみ》は容赦のない正論を吐く。

「でも、この町を出たことのないひとより、少しは磨かれてると思うんだけど」

なんとなく弱気な反論しかできなかった。

「磨かれてるって何が？」

「えっと、いろんなセンスだとか、感覚だとか、そういうようなもの」

ははは、と妹は笑った。

「お姉ちゃん、気をつけたほうがいいよ。そういうつもりでお店に立ってたら、お客さん来んと思う。この町をなめるんでない」

最後の、なめるんでない、は彼女の本音だろう。胸に刺さった。

「なめてないよ。ここで働きたいと思ったから帰ってきたんだよ」

ふうん、と興味なさそうに言って、妹は自分の部屋に上がっていった。

珠美に言われるまでもない。なめていたんだと思う。自信があったと言い換えてもいい。この時点での私にはまだまだ余裕があった。化粧品に携わっていられれば、たとえそれがどこの会社のものであってもよろこんで働ける。それくらいの気概はあった。


フロアの斜向かい、エスカレーターの上り口の一等地に赤いお店はある。

いいなあ。お客さんが途切れることがない。ここに勤めるまで、同じ仕事なら忙しいよりもヒマなほうが楽だと思い込んでいた。得だと思っていたのだ。楽して同じお給料がもらえるならそのほうがいい。

浅はかだった。なんにもわかってなかった。ヒマってぜんぜん楽なんかじゃない。ヒマが続くと、痩せていくような気持ちになる。ほんとに痩せてくれればまだマシなんだけど。自分が必要とされていない人間で、いてもいなくてもおんなじに思えてくる。接客中なら気にならない立ちっぱなしがこたえる。足のむくみもつらい。

「そのぶーたれた顔」

馬場《ばば》さんが隣でささやいた。

「はい？」

「やめなさいよ、お客さんが逃げてくじゃない」

「どこですか、お客さん、どこ？」

きょろきょろしたら、

「ほらその血走った目。まさか逃がしたお客をつかまえて引っ張ってこようってんじゃないでしょうね」

商品を揃えながら、口角はほんの少し上向けたまま小声の早口でつぶやく。

「つかまえて引っ張ってきたい気分ですよ、こんなにヒマじゃ」

「こういう日もあるってこと。晴れる日もあれば雨の日もあるでしょう」

「晴れた日に当たったことがないような気がするんですけど」

私も口角を上げて新しいパンフレットをチェックしながらだ。傍《はた》から見ればにこやかなふたりが何を会話しているかまったくわからないだろう。

二週間の研修の後、言い渡された配属先は、地元郊外のショッピングモールの中にある化粧品コーナーの一角だった。

ショックで鼻血が出た。花形は、デパートの一階フロアの化粧品カウンターだ。それ以外の職場を考えたこともなかった。

どうしてデパートに配属されなかったんだろう。ティッシュでしばらく鼻血を押さえてから意を決して、本社から来た人事担当者に詰め寄った。

「私のどこがいけなかったんでしょうか」

人事担当者は、私の顔を見てちょっとたじろいだようだ。少し鼻血が残っていたのかもしれない。

「いけなくないよ」

彼は穏やかな声をつくって答えてくれた。

「君は何か考え違いをしているんじゃないかな。これからはモールだよ。デパートの集客率はどんどん落ちてきているからね。みんなモールのほうに期待を寄せているんだよ」

　残念ながら、私にもわかる。そんなのは言い逃れだ。都会なら、もしかしたらそういうこともあるのかもしれない。でも、この町の郊外のモールとデパートでは客層がまるで違う。モールのお客さんは小さい子ども連れの家族か、お年寄りがメインなのだ。化粧品はドラッグストアで済ませようと考えるのではないか。少なくとも、化粧品カウンターを目当てにモールへ来るお客はほとんどいないだろう。

　想像するだけで、また鼻血が出そうだった。だいたい、周りに田んぼの残る国道沿いに建ったモールは駐車場がだだっ広いことだけが売りで、パチンコとボウリング場とゲームセンターを併設した、あまりにも冴えない場所だった。

「そうだ、あの売り場のもうひとりのビューティーパートナーは凄腕《すごうで》だよ。君もいろいろ教えてもらうといい」

　ビューティーパートナーとはいわゆる美容部員のことだ。そんなモールに凄腕がいるものだろうか。

「期待してるよ、小宮山《こみやま》さん」

　社会人って平気で嘘をつくんだなあ。微笑んだままその場を離れていく人事担当者の後ろ姿を、私はぼんやりと眺めていた。鼻血と一緒に自信も気概も流れてしまったような気がした。

これからは、ぱっとしない町を、さらにぱっとしない方向へ通勤することになる。市営バスに乗って緑深いほうへ。――などと言えば聞こえは悪くないが、山が近くてあちこちに田んぼの残る区画だ。バスの窓から見えてくる巨大なモールはどうしても場違いな感じがして、いきなりため息をつきたくなった。

モールで待っていた凄腕は、きれいな先輩だった。馬場あおいさん。私の六年次上だそうだ。顔立ちが整っていて、メイクも品がいい。背が高くて、話にそつがなく、商品にも詳しい。それは認める。でも、どこがどう凄腕なのかわからなかった。もうすぐ一か月が経とうとしている今も、わからなくて残念な気持ちと、ほっとする気持ちが混じっている。

凄腕説を疑いたくなるには理由があった。馬場さんはパートなのだ。決まった時間しか働けないのだという。

「定時に帰れないほど忙しいときもあるのよ。ほんと猫の手も借りたいくらい」

馬場さんはそう言うけれど、ここに来て一度もそんなときはなかった。

「借りた手に利子つけて返せそうですよね、今。こんなんじゃ、近いうちに担当ひとりにされちゃうんじゃないでしょうか」

「うそお」

口角を上げるのを忘れてこちらを振り返った馬場さんの向こうに、人影が見えた。あの背恰好。よどみのない足取り。もう、そんな時間だったか。そう思うのと同時に、館内放送で歌が流れ始めた。

Who is the girl with the crying face
Looking at millions of signs

メロディ・フェアだ。このやさしげな音楽が流れ始めるのが夕方の五時二十分。どうしてこんな中途半端な時間に流すのかは不明だ。そして、いつもこの曲が流れる間に、あの彼女が姿を現す。

「なんか彼女、今日は思い詰めたような目をしてない？」

彼女に背を向けた姿勢で馬場さんが囁く。

「見てないのによくわかりますね」

「見えるのよ、思い詰めた空気が漂ってくるのが」

思い詰めているのかどうか、わからない。いつもと変わらないようにも見える。

表情も年齢もわからないくらい濃いメイクをして、彼女は化粧品フロアを堂々と歩いてくる。ときに足を止めカウンターの商品を見据え、ときにはカウンター越しに美容部員に勝負を挑みながら。その勝負は、しかし何の勝負だろう。私たちには彼女の思惑が見えなかった。

「行った？」

屈んだ恰好のまま馬場さんが尋ねる。ちょうどうちのカウンターの脇を彼女が通り過ぎるところだった。通り過ぎながら、こちらを見たような気がした。気のせいだったただろうか。私の後ろに貼ってあるポスターの中のモデルを見た――あるいは勝負を挑んだ――だけかもしれなかった。

「行きましたよ」

小さな声で知らせると、馬場さんが安堵のため息をついた。

「よかった。今日は厄介ごとに巻き込まれたくない」

彼女が厄介ごとを引き起こしたという話は特に聞かない。しかし、なんとなく関わらないほうが無難であるとは誰もが思っているのだろう。

「今日、保護者会があるのよね」

きっちりと口角を上げ、乳液の箱を並べ終えた馬場さんが立ち上がった。

「ああ、果実《このみ》ちゃんの」

果実ちゃんは馬場さんのひとり娘だ。保育園に通っているそうだけれど年少組だったか年中組だったか、だいたいそれが何歳児のクラスのことなのか、いつも忘れてしまう。

「これから保護者会って遅くないですか」

「だってみんな働いてるもの。昼間に保護者会やったって誰も来られないのよ」

そう言ってちらりとカウンター下の時計に目をやった。言われてみればそのとおりだ。働くお母さんの存在は今の私には遠すぎて、生態を把握することさえできないでいる。

保育園は六時までだから、馬場さんは毎日五時半にここを上がって、そのまま迎えに直行する。その顔のまま、だ。隙なくメイクを施された美容部員顔は保育園ではさぞかし浮いていることだろう。

「なんだかみんな疲れてててね、この頃は保護者会が殺伐としてるの。気が重いわ」

さすがに口角は上がっていない。果実ちゃん絡みの話になると口角を上げる心の余裕は持てなくなるみたいだ。

「じゃあ、今日はこれからが忙しいんですね」

「そう、ようやくね」

顔を見合わせてむなしく笑う。と、馬場さんの視線が動いた。つられてその視線の先を振り返ると、そこにいたのは浜崎《はまざき》さんだった。

一瞬、下がりそうになった口角を戻す。少し多めに息を吸って、努めてあかるい声を出す。

「いらっしゃいませ」

こんにちは、でもよかった。お客さんに最初に掛ける声は特に決められていない。最初に掛ける声だけではない。接客全般のマニュアルのようなものがこの店にはない。だからいつもちょっと迷ってしまう。

「今日はどうされました?」

まるで問診みたいだと思いつつ、笑顔を向ける。

「うーん、どうかしたってわけでもないんやけどの」

言い淀みながら浜崎さんはカウンターの前のスツールを指し、すわっていいかと表情で問う。

「どうぞ、おかけください」

馬場さんが素知らぬ顔ですーっと離れていく。

言い終わらないうちにもちろんすわっているのだ。太ったお尻をスツールにちょこんと載せて、足をぶらぶらさせて。こうして浜崎さんは数日に一度、このカウンターで油を売っていく。売るのはこっちの仕事なんだけどなあ。

「何をお探しですか」

浜崎さんは何も探していない。それはわかっているけれど、聞かずにはいられない。

「うーん、眉毛化粧品てあるけのう。もうちょっとなんとかきれいにならんもんかと、まあ思わんこともない」

そういって浜崎さんは不躾《ぶしつけ》に私の眉を見上げた。浜崎さんの眉は見るまでもない。ぼうぼうと生えっぱなしの、手入れなどしたこともないような豪快な眉だ。最初に見たときから強く印象に残っている。

「それでしたら、少し剃って形を整えてから、気になる部分をカットされてはいかがでしょう。もしお時間があるようでしたら、今から——」

お手入れのしかたを説明して差し上げましょうか、と言うつもりだった。しかし、目の前の浜崎さんはすでにぶんぶんと大きく首を振っている。

「では……いかがいたしましょう」

「うーん、いかがもいたさんでいいで、ちょっと聞いてや」

出た。ちょっと聞いてのちょっとがほんとうにちょっとだったためしがない。

そっと背後を振り返ると、馬場さんはこちらに完全に背を向けて聞こえないふりをしている。その大きな耳、しっかり聞こえているに違いないのに。

思いがけず馬場さんに対して憤っていることに気づいてたじろいだ。凄腕だと聞いてしまったのがいけなかった。勝手に期待して、勝手に幻滅している。馬場さんは基本的にはいいひとなのだ。ただちょっと面倒なお客さんを私に押しつけて知らん顔するだけだ。きっとこのまま息をひそめて五時半が来るのを待ち、即行で帰るつもりなんだろう。

そもそもいけないのは浜崎さんだ。まだ還暦を過ぎたところだというが、とてもそうは見えない。ろくにメイクもせず、だから化粧品を買うこともないのに、なぜかしょっちゅうここに寄っていく。目下いちばん面倒なお客さんのうちのひとりであることは間違いない。いや、お客さんでさえない。このひとは何も買わず、ただ長々と喋っていくだけなのだから。顧客名簿によれば、コットンを一箱買ったきり、それも四年半前だ。ファンデーションが髪の生え際でよれていることもあれば、最初からファンデーションなど塗っていないこともしばしばだ。それでよく外出しよう、ひとと会おう、という気になれるものだと思う。

　聞いてや、に対する返事はしていないはずだったが、浜崎さんはかまわず話し始めた。もちろん、またいつもの話、つまりは、嫁が意地悪だ、という話だ。

「今日なんて朝から玄米や。なんでやの。朝は白いごはんに決まってるやろ」

　先週の話の続きらしい。たしか朝はパンがいいのに同居のお嫁さんがパンを出してくれないと愚痴っていた。今日は白いごはんバージョンか。

「孫がからあげが食べたいって言うたかて、なかなかつくってやらん。かわいそうで、今そこで買うてきたわ」

　そう言って、手に提げていた白いビニル袋をカウンターに載せる。にんにくと生姜の匂いがぷんと放たれた。

「よかったですね、お孫さん、よろこばれるでしょう」

　しかたなく言った。

「ほんでもみずえさんが」

「ええ」

「ぜったい嫌な顔するわ。またそんなもん買《こ》うてきてって」

「言われるんですか」

「言いはせんけど、顔見ればわかる。私が買うてきたもんにはいっつも文句ありそうな顔するんや」

「わからないですよ、ほんとはうれしいのに顔に出せないだけかもしれません」

「ほんなことは――」

即座に否定しようとして、一瞬、目が泳いだ。

「――ないやろ」

「ありますよ」

思わず声に力が入る。

「同じです、浜崎さんと。お嫁さん……みずえさんも、浜崎さんと同じ、照れ屋さんなんです。だから思ったことを素直に顔に出せない」

馬場さんが後ろから肘で背中を突く。警告だ。

「――んじゃないかと思います」

浜崎さんはちょっと思いをめぐらせるような顔をしている。

「ほうやろか」

「ほうですわ」

力強くうなずくと、浜崎さんがぷっと吹き出した。

「あんた、福井弁出てるざ。あかんやろ、美容のお姉さんが福井弁使《つこ》うてたら」

そう言いながら、しかしからあげの袋をカウンターから引き下ろした。そうして自分もスツールを下りて、皺だらけのスカートの裾をぱんぱんと払った。

「ほなの」

意外とあっさり引き下がる気になったらしい。

「ありがとうございました。またお待ちしています」

お辞儀をして身を起こすと、さっそく馬場さんが肘を引っ張った。浜崎さんが柱の角を曲がったのを確認してから低い声を出す。

「立ち入りすぎ」

「だって、しかたないじゃないですか」

「何を言われても、そうですか、そうですか、って答えていればいいの。ああいうひとはね、どこへ行っても文句言ってるんだから、適当に流すのがいちばんなのよ」

「そうかもしれませんけど」

「いい？　そうですね、って言ったら同意したと見なされるの。気をつけたほうがいいわよ」

「そうですか」

「こっちはただ受け流したつもりでも、勝手に『あのひとも言ってた』なんて言われて大変なんだから」

「そうですね」

一理あるような気はした。でもたぶん、「そうですか」でも「そうですね」でも、勝手に解釈したいひとはするだろう。

「じゃ、あたし時間だから」

「あ、お疲れさまでした」

馬場さんはやっとにっこり微笑んで、小さく片手を挙げた。

「あなたも大変よねえ」

背後から声を掛けられて振り向くと、カウンターのすぐ脇に可愛らしい顔の女性が立っている。たしか雑貨売り場のひとだ。馬場さんの後ろ姿に目を遣《や》りながら、

「あのひとがいたんじゃ息も抜けないでしょう。ああ見えて、あのひと、強いから」

そうですね、ではない。そうですか、だ。ここは断じて同意をしちゃいけないところだ。後で私が言ったことにされて広められないように。だいたい私は大変だとは思っていないのだ。

曖昧に微笑んで、小さく会釈する。

「前のひともさあ」

名札を確認すると、花村《はなむら》、とあった。花村さんはどこか楽しげに話を続けた。

「あのひとに苛《いじ》められて辞めちゃったようなものなのよ。かわいそうにねえ」

「そ」

そうですか、と言おうとして口元が引きつった。

初めて聞く話だった。前任者が急に辞めたのでその補充要員として配属されたことは知っていた。苛められて辞めた……そんなことはない、と思う。が、ぜったいに違うとも言い切れない。私はまだそれほど馬場さんのことを知らない。凄腕、という単語が耳の中で鳴る。どういう凄腕だったんだろう。

花村さんはぺろっと舌を出して、

「余計なこと言っちゃったかな」

と笑ってみせた。わざとらしい顔だと思った。どこの職場にもこういうひとはいるものなのかもしれない。

カウンター下の時計をそっと確かめると、六時半だった。あと、一時間。モールの終業まで一時間だ。そろそろ集計に入る。同時に、閉店時間を気にし始めたお客さんがそわそわと買い物に本腰を入れる時間でもある。

ひとりでも多くのお客さんに来てほしい。ひとつでも多くの商品を試して、気に入って、買ってほしい。相変わらずお客さんの来ないカウンターに立って、私は焦る。誰かをきれいにしてあげたい気持ちからこの仕事を選んだはずなのに、もう変化が起きている。とりあえず数を売って、今月の売り上げ目標を達成しなければならなかった。誰でもいいから売りつけたいような気持ちが生まれつつあった。

気がつくと、カウンターの向こうに、見慣れた小太りの女性が立っていた。おばさんとおばあさんのちょうど中間あたりにいて、たぶんもうおばさん側に戻ることはない、そのひと。

「また来てもた」

浜崎さんは困ったような顔で笑った。

「こんばんは」

まあ、いいか。お客さんにはなってくれなくても。ひっそりとした売り場に立っているほどさびしいことはない。余計な焦りも生まれてしまう。それに今夜は、ひとりでいると、馬場さんの言動をいちいち思い出して検証作業を始めてしまいそうだった。

「いらっしゃいませ。——でも、お孫さんにからあげをあげるんじゃなかったんですか」

「ほやったの」

浜崎さんはうなずいた。しかし、もじもじしている。いつものようにスツールにすわろうともしない。

「どうかされました？」

さっきも似たようなことを言ったな、と思いながら聞いた。

「うーん、どうかしたってわけでもないんやけどの」

浜崎さんもたしか似たようなことを答えたはずだ。

「どうぞ、おかけください」

浜崎さんはすわらなかった。めずらしく、何か考えているふうに俯《うつむ》いていて、それから思い切ったように口を開いた。

「やさしい顔に見えるようにするには、どうしたらいいやろ」

急に、どうしたんだろう。戸惑いながらも、つい、主張の強そうな眉に目がいった。ここに少し手を加えるだけで、やさしそうな印象をつくることができると思う。

「眉毛やろ」

こちらが言う前に浜崎さんは自分で言い当てた。

「はい」

「少し、その、なんやろ、カット？　してもらえんやろか」

「あ……はい」

ほんとうは、美容部員はカットをしてはいけない。鋏《はさみ》や剃刀《かみそり》を使う作業は資格を持ったひとしかできないことになっている。でもいきなりそれを告げるのは忍びなかった。

「どうぞおかけになってください」

浜崎さんが、このカウンターを頼りにしてくれている。驚きつつも、うれしかった。急いで眉用の鋏とコームと剃刀、それにアイブロウペンシルを取り出す。

「まず、眉頭を決めます。小鼻から垂直に上がった、このあたりがいいかなと思います」

鏡を覗いた浜崎さんが無言でうなずく。その目は真剣だ。緊張しているのがありありとわかる。

ペンシルで印を付け、そこからラインを描いていく。やさしく、やさしく。あまり大きく印象を変えないよう、硬くなっている浜崎さんを、そして家で待っているだろう浜崎さんの家族を驚かせてしまわないように。

コームで丁寧に眉の流れを整えて、私は両手を下ろした。

「大変申し訳ないのですが、こちらでできるのはここまでです」

浜崎さんが怪訝《けげん》そうに鏡から目を上げる。

「実はこちらでは眉をカットしたり剃ったりすることができない決まりになっているのです。でも、ご自分で、簡単にお手入れができますから」

眉の手入れのしかたの載っているパンフレットを開く。

「輪郭はとらせていただきましたので、このラインに沿って」

「剃ればいいんやの」

そう言ってほころんだ顔は、さっきまでよりうんと若くなっていた。まだ眉は元の野性的な太さのままなのにだ。

「思い出したわ、若い頃は私かてきれいに剃ったもんやった」

スツールから下りる身のこなしも軽やかだった。軽やかなのは、眉のせいじゃない。眉を変えようと思った、やさしく見られたいと願った、その心持ちのせいだ。

「ほの剃刀、よう剃れそうやの」

カウンターに並べた剃刀に浜崎さんが手を伸ばす。

「ええ、先が薄くなっていて、どなたでもきれいに剃れるようつくられております」

「ほな、これをもらうかの」

やった。浜崎さんが買ってくれた。フェイス用剃刀三本一パック三百円。鋏やコームはまた追い追い揃えていってくれればいい。丁寧に包んで渡すと、浜崎さんは百円玉三つと白いビニル袋を差し出した。

「ありがとうございます、三百円ちょうどお預かりします。あの、この袋は……？」

浜崎さんは気まずそうに笑った。

「よかったら、食べての。ここのフードマートのやし、味はなかなかやよ」

からあげだった。冷めてしまっているけれど、透明のパックにからあげがぎっしり詰められているのが見えた。

「油もん、年寄りは食べんほうがいいんや」

やっぱり浜崎さんもわかっていたのだ。お嫁さんが浜崎さんの身体を心配してくれていることを。

「あんたが、みずえさんも照れ屋なんでないかって言ったとき、なんやピカッとわかったんや。そうや、あの子は照れ屋なんや。私と同じ照れ屋や」

目尻に皺を寄せて浜崎さんは笑った。

浜崎さんが照れ屋だと看破したわけではなかった。ただ、照れ屋だと言われて嫌がる女性はあまりいないような気がする。みずえさんも同じだ、と言ったのも言葉の勢いみたいなものだ。

その代わり、眉の手入れには心を込めた。やさしく見られたい、好かれたい、と願う気持ちに応えたいと思った。

「ほなの」

「ありがとうございました。からあげ、今夜いただきますね。ごちそうさまでした」

深くお辞儀をしてから身体を起こすと、もう浜崎さんの姿はなかった。

背筋を伸ばし、顔をまっすぐ上げる。柱の向こうのカウンターにはまだお客さんが何組も来ているのが見える。

カウンターの下に隠した袋から、からあげの匂いが漂ってくる。お腹が空いた。仕事が終わったらすぐに家に帰って、温め直して食べよう。

＊

夢に白田《しろた》さんが出てきて驚いた。驚いている自分の背中を見ていた自覚があるのだから、夢の中でもこれが夢だと気づいていたんだと思う。白田さんは私をじっと見て、何か言いたそうにしていた。噂に聞いていたよりもさらにきれいなひとだった。

六畳の和室のベッドで目を覚ました。アラームが鳴る前に時計を止めて、シーツの上に正座する。きれいなひとだったなあ、と思う。それからちょっと混乱した。あれは本物の白田さんじゃない。だって実物は見たことがないのだ。想像上の白田さんが、想像していたよりもきれいだなんて、なんだかおかしい。見たこともないひとのことを、どうやら私は怖れているらしかった。

昨日、仕事が終わった後の更衣室で、小柄なおばさんに親しげに肩を叩かれた。どこかで見たことのあるひとだった。

「……あ、フードマートの」

「総菜売り場のおばちゃん、でいいよ。あんた、小宮山さんやろ、ピンクのカウンターの」

そう言って、制服を脱ぎかけた木綿の下着姿のままにかにか笑った。

「あんな美人の後釜ってどんな子が来るんかと思ってたわ」

ずいぶんとはっきりものを言うひとだった。私の前任者の白田さんがきれいなひとだったことは、これまで何人もにほのめかされてはいた。

「プレッシャーがすごいやろ。よっぽどでないとつらいわの」

「はあ」

「昔、ＮＨＫの夜のニュースのキャスターを」

「え」

「草野《くさの》満代《みつよ》さんっていう才色兼備が辞めて」

「ええ」

「次にあの席にすわる子は大変やと思って心配してたら、久保《くぼ》純子《じゅんこ》さんやった」

そのあたりで私は相槌を打つのをあきらめた。話が見えない。だいたい、草野満代さんって元ＮＨＫだったの？　いつの話？　一応聞いているふりをしながらそろそろと制服を着替える。

「ＮＨＫもやるもんや。あんだけタイプの違う女の子をよう見つけた。クボジュンはボケててかわいかった。あんなに褒めてた草野さんのことをみんなすぐ忘れたわ」

制服のスカートをハンガーに掛け、ジーンズのファスナーを上げたところで、彼女はずずいっと核心に踏み込んだ。

「白田さんのこと、もう誰も何も言わんやろ」

言ってる。今、あなたが言ってる。

「つまり、真っ向勝負を避けて――」

私はフードマートのおばさんに向き直った。

「私みたいなのを選んだってことですね」

「ほんなあ」

彼女はふるふると頭を振っている。

「そこまでは言ってえんて。同じ土俵で闘わんところが賢いってこと。会社も考えたもんやって」

不況のせいで、滅多なことではひとが辞めない。代わり映えのしない小さな職場では退社と入社が恰好の噂の種になるのはわかる。

「白田さんて」

どうして辞めたんですか、と聞きたいのを飲み込んだ。

「そんなにきれいだったんですか」

おばさんはうれしそうに大きくうなずいて、自慢するかのように教えてくれた。

「きれいやった。目立ってきれいやったざ」

こういうとき、どう答えるのが正解なのかわからない。

「私も頑張らなくちゃ」

とりあえず、新人らしく元気な声を出してみる。模範解答ではないにしても、可もなく不可もなし。もう少し別の答を期待していたらしいおばさんの頬がちょっとつまらなそうに膨らんだ。

「その意気やざ。若いひとにはこれから頑張ってもらわな」

そう言うとおばさんは自分のロッカーに戻っていった。若いひと、と言うけれど、大卒の私は、この職場の新人としては若いほうではない。そういえば、白田さんはいくつだったんだろう。もちろん蒸し返す気はなかったから、笑顔のままおばさんの後ろ姿に会釈をして更衣室を出た。

白田さんがいくつでも、どんな美人でも、私とは直接関係がない。そう思うことにする。馬場さんのせいで辞めたという噂の真偽も私とは直接関係がない。そう思ってしまうことにした。

昨日の今日だ。もやもやと湧き上がってくるものを無理やり押し込めて自分を納得させようとしたから、おかしな夢になった。ベッドから下り、ドレッサーの鏡を覗く。寝起きの腫《は》れぼったい目がこちらを見ていた。笑ってみる。にこ。よし、今日も元気だ、笑顔が決まる。そうだ、今日のメイクはピンクで行こう。目元も口元もほんわかピンクでまとめて、もやもやをどこかへ追いやってしまいたい。

ところが出勤して馬場さんと会った瞬間に、気分が一転した。戻ってしまったと言ってもいい。もやもやもやもや。もやもやもやもや。

「おはようございます」

もやもやもや。

「おはようござい……あら、どうしたの小宮山さん、なんだか今日はぼーっとした顔してる」

「いえ、ちょっと寝過ぎただけで」

もやもやもや。聞いてしまえ、聞きたいことを聞いてしまえばこのもやもやは晴れる。白田さんてどういうひとだったんですか。どうして辞めたんですか。どうしてみんな私に白田さんのことを話したがるんですか。

「そういうときにピンクのシャドウは厳しいわよ。よけいぼーっと見えるじゃない。ゴールドでしゃきっと、ほら、直してらっしゃいよ」

えへへ、すいません、と私は頭を下げた。ゴールドをつければしゃきっとするならいくらでもつけるのだけれど。なんだか今日はこのままピンクでぼーっと過ごしたいような気分だった。

馬場さんは不思議なひとだ。

一見、ちょっときれいなだけの普通の美容部員に見えるのに、お客さんがとても多い。商品知識が豊富で、メイクが上手。それでじゅうぶんなのかもしれない。しかし、なんというか、さっぱりしすぎている。不親切なわけではない。口角は上がっている。笑みを絶やさないようにも見える。それでも根本的なお愛想みたいなものが欠けていて、新人の私を驚かせる。接客業のイメージが覆されるのだ。首を傾《かし》げたくなる。馬場さんを指名するお客さんは後を絶たないのに、できる限りの愛想を振りまく私を指名して買いに来てくれるお客さんは、まだいない。初めて知った。愛想って役に立たないんだなあ。こんな田舎町のモール、楽勝だと思っていたのに。

付け加えるなら、白田さんを指名するお客さんが来ないことにも私は気づいていた。

考えられることは、ふたつ。白田さんに固定客はつかなかったか、そうでなければば、お客さんたちは白田さんが辞めたことをすでに知っているか。後者の場合、白田さんがいないのに指名するはずはないし、このカウンターに来るかどうかさえあやしい。特定の美容部員を指名するほど馴染んだお客は、その美容部員が店を移れば一緒に店を移動するとも聞く。

白田さんはどちらだったんだろう。考えてもしかたのないことをぼんやりと考えてしまう。

「やめやめ」

きれいに磨かれたショーケースの上にひとりごとがこぼれる。白田さんのことはいい。考えるのはやめだ。謎はむしろ馬場さんにある。どうしてこのひとに固定客が多いのか。そして、どうして私はまだ固定客を得られずにいるのか。

エスカレーターのほうからこちらに近づいてくる女性が目に入った。上のフロアのちょっと高級な婦人服専門店の紙バッグを提げている。お客さんだろうか。お客さんであってくれ、と私は願った。できればフリーのお客さん。私の顧客になってくれるお客さん。

「いらっしゃいませ」

期待のこもった声になった。いけない。もっと普通に、もっと自然に。物欲しそうな笑顔では引かれてしまう。案の定、女性はばつの悪そうな顔になった。

「馬場さん、いなる？」

「はい、お待ちくださいませ」

声に落胆が滲んだのを気づかれなかっただろうか。カウンター中央のポスター掲示用の柱にちょうど隠れていた馬場さんに、できるだけにこやかに声を掛ける。にこやかなその顔のまま、ショーケースのほうへ戻る。心はへなへなだ。ああ、私のお客さんはいつ来てくれるのだろう。

私にはまだ、どのひとがお得意客でどのひとがそうでないのか、とっさに判断ができない。その時点で失格のような気がする。――そう思いそうになって、慌てて首を振った。焦るな、焦るな。ここへ来てまだ一か月じゃないの。両手でぱんぱんと頬を挟んで叩くと、思いがけず大きな音が出たらしい。驚いたように振り返ったお客さんと、その向こうに馬場さん。馬場さんはおかしそうに目だけで笑っていた。どすこい、とその唇が動いたのが見えた。私はお返しに、ぴしゃん、と大きな音を立ててもう一度両頬を叩いてみせた。どすこい。四股《しこ》でも踏んで気合いを入れ直したい気分だった。

馬場さん目当てのお客さんが重なることもあった。そういうときは、後から来たほうのお客さんに私が応対することになる。お客さんを奪うチャーンス、と張り切るのだけれど、張り切れば張り切るほどうまくはいかない。あきらめて私から買ってくれるひともいることはいる。でも、たいていのお客さんは馬場さんの身が空くまで待っていた。馬場さんがいつ自分のほうへ来てくれるのかちらちらと様子をうかがっているのを見ると、この仕事は人気商売なのだと認めざるを得ない。私では用をなさないのだと思えばむなしいけれど、それもしかたがないと思ってもいる。どの美容部員からでも化粧品は買える。それでも、あのひとから買おう、と思えるからここが成り立っているのだ。そうでなければ、ドラッグストアの棚から自分で商品を取ってレジに並べば済むことだ。

私たちは私たちにしか売れないものを売る。私たちにしかできない方法でお客さんをきれいにする。カウンターはそのためにあり、ビューティーパートナーはそのためにいる。——と胸を張りたいところだけれど、実のところ私には、私にしかできない方法というのがどんなものなのか、まだぜんぜん見えていない。それで今日もせっせとショーケースを磨き、パンフレットを読み込むのだ。

若い女の子が、おずおずとカウンターに近づいてきていた。制服こそ着ていないものの、きっと高校生だ。もちろん高校生のお客さんもめずらしくはない。でもこの子はいかにも場慣れしていないような、きょときょとあたりを見まわす感じがかえってめずらしかった。

「こんにちは」

声を掛けると彼女は小さくうなずいた。馬場さんは接客中だ。

「何かお探しですか」

尋ねても、何も言わずに目を逸らしてしまう。

「どうぞ、よかったらご自由に使ってみてくださいね」

声を掛けられるのがうっとうしいなら少し離れて見ていよう。

カウンターの上の口紅やマニキュアやファンデーション、いろんなサンプルがこまごまと並んでいる棚に彼女はそっと手を伸ばした。そうして、たくさんの色を比べてみたりしながら、やっぱりきょときょとしているのだった。どれを選べばいいのか、糸口を見つけられなくて困っているのではないか。

フロアに甘やかなギターのメロディが響いた。館内放送でいつもの曲が流れ始める。

Who is the girl with the crying face
Looking at millions of signs

その途端、びゅっと記憶がよみがえった。初めて口紅を買った、寒い日曜日の記憶だった。

Who is the girl with the crying face.

そうだ、泣き出しそうな顔をしているのはこの若い女の子、そしてあのときの私だ。

私は中学生だった。家族に内緒で、町に一軒しかないデパートへ出かけた。一階の化粧品カウンターにこっそり口紅を買いに行ったのだ。お小遣いの入った財布を握りしめていた。うれしさよりも、泣きそうになるくらいの罪悪感を今でも思い出す。口紅が欲しいなんて家族にはとても話せなかった。母はあまりお化粧をしないひとだったし、妹はまだ幼かった。

いや、母自身はお化粧をしなかったわけではない。ただ、普段はおおらかなのにお化粧に関してだけは厳しくて、中学生の娘が化粧品を使うことを許すようなひとではなかった。

少し違う。それが私の、家族に対する感触だった。私だけ、何かが少し違う。日頃は仲が悪いわけでもないのに、大事なところでゴリッと岩がずれるような違和感があった。化粧品に惹かれることなど、わかってもらえるはずもなかった。

母のドレッサーにあった口紅を何気なくつけてみたのは、小学校に上がったばかりの頃だったと思う。その瞬間に私の世界は変わった。色のない場所に、口紅が——口紅をつけた唇が、口紅をつけた唇の持ち主である私が、鮮やかな色をまとって息づいていた。この世界に私がいる、という事実に初めて手で触れたような衝撃だった。

あの日からずっと、私は少し違う。今でも、そうだ。お化粧するのがいけないことだなんて、大人になった今は誰も思わないはずなのに、母とも妹ともちゃんとは話せないままだ。あの頃幼かった妹は、大きくなってからも化粧品に関心がないばかりか、毛嫌いするようなところがある。誰より、当の私がとらわれている。私は誰にもわかってもらえないと思っていたし、誰かをわかろうともしなかったんだと思う。いつか誰かがわかってくれるという淡い期待と、ぜったいにわかりあえないだろうというあきらめが、バランスを欠いて胸の中を転がっていた。その、ごろんごろんと重たい音が今でも聞こえることがある。

そっと目を戻すと、カウンターの向こうの少女は新色の口紅に手を伸ばすところだった。

立ち入りすぎてはいけない。向こうから声を掛けられるのを待て。そう思って逃してしまった時間の大きさが不意に私の頭上に落ちてきた。

一度大きく息を吸う。それをゆっくりと吐き出して、自然な笑顔をつくった。

「よろしければ、一緒にお探ししましょうか」

思い切って声を掛けると、少女は戸惑ったような目をした。

「口紅ですか？　マニキュアかな？　いろいろサンプルもあるから、試してみてくださいね」

「……口紅」

小さな声で少女が言った。

「……マニキュアも。それと、ファンデーション。シャドウと、アイラインと、アイブロウと、チーク、マスカラ。ぜんぶ。ぜんぶ試させて」

口調はぞんざいなのに、語尾にかすかな震えがあった。

「ぜんぶですね。かしこまりました。ご希望のものがあればおっしゃってください。特にご指定がなければ、こちらでお客様に似合いそうなものをお選びします」

朗らかな口調で言うと、カウンターの前に突っ立ったままの少女は表情を崩さずにうなずいた。

いちばん薄付きタイプのファンデーションのサンプルを取りにカウンターの中の大きなケースの前に戻ったとき、馬場さんがすっと近づいてきて耳許でささやいた。

「だいじょうぶ？　あの子、お客さんじゃないわ」

無言でうなずく。こんなに若い子がこんなに買えるわけがない。お客さんではない、かもしれない。

馬場さんがお得意客のほうへ戻る。私も、ファンデーションのサンプルを揃えて少女のほうへ戻った。彼女はそこで緊張した面持ちで待っていた。私も緊張している。この子が無用な罪悪感など抱くことがないように。そして私が胸を張ってこの仕事を続けていくことができるように。

白いケープを取り出して彼女の肩に掛ける。顔の幼さも手伝って、ちょっとよだれかけみたいな感じがした。間違ったことをしようとしているような怖れが急にやってきた。

「下地から塗らせてくださいね」

無言でうなずいた彼女の顔に薄く下地クリームを伸ばす。間違えてはいない、と思う。お化粧をしたい気持ちは間違いなんかじゃない。弾力のある、つややかな肌。若い。もしかしたら、高校生にもなっていないのかもしれない。

「ファンデーションは最小限でいいと思います。厚く塗り込んでしまうと、お客様のきれいさが隠れてしまってもったいないです」

説明しながら丁寧にファンデーションをつけていく。ふと、女の子の表情が変わったのがわかった。

「きれいじゃないよ」

口の中でつぶやいたのを聞き逃さなかった。はっきりと、聞こえた。あの頃の私自身の声にそっくりだったから。

「きれいですよ」

さらりと言って、眉用のコームを取る。

「眉は流れを整えるだけで、うんと垢抜けて見えます。特に剃ったり抜いたりしないほうが、自然で健康的で今のあなたに――お客様に似合っています」

「決めつけないでください」

怒ったような声を出すのは自信がないせいだと思う。痛いくらいにわかる。私がそうだったから。この子自身、ほんとうに似合うもの、ほんとうの自分のよさが見えていないのだ。

「あたし、うんときれいになりたいんです。今のままじゃ嫌なんです。そういう気持ち、わかりますか？」

「わかると思います」

「どうして。どうしてあなたにわかるの」

少し考えて、首を振った。

「そうですね、わかっていないのかもしれません」

私も、わかっていなかった。この子と同じくらいの頃、ぜんぜんわかっていなかったと思う。今も、今の自分のことはわかっていないのかもしれない。わからないから手探りでメイクをして自分をつくっていくんだと思う。

焦茶色のアイラインを引き、マスカラも同色にした。そのほうが自然だからだ。黒々とした目元はかえってこの子の魅力を損なってしまう。血色のいい頬はそのままでもじゅうぶん健やかだから、チークもさっとはたく程度にする。

「口紅はお好きな色を選ぶといいですよ」

鏡の中の女の子に話し掛けると、強い口調で言い返された。

「似合う色を選んで。プロでしょう」

「プロだから、申し上げるんです。あなたが選ぶ口紅には今のあなたが表れます。それをつけるのがいちばんいいと私は思います」

「それがいちばん似合うってこと？」

「似合うかどうかは、わかりません」

「それじゃ困るの。あたし、どうしても、今、きれいになりたいの。似合わないかもしれないものを選んでるヒマはないの」

「そういうヒマがなかったら、きれいになるのは難しいです」

カウンターの中から馬場さんが目配せを送ってくる。警告だ。立ち入りすぎ。意識して語調をゆるめる。

「どうぞお好きな色を試してみてください。もしも似合わなかったら、何度でも拭き取って、また新しいのをつければいいんですから」

ああ、そう言ってやりたかった、と思う。あのとき美容部員が選んでくれた流行りの色の口紅をずっと大切に持っていたあの頃の私に。もっと自由に選んでいいんだよ、と。

「だいじょうぶ、ちゃんと似合うのを選べますよ、あなたなら」

少女はまだ怒ったようなポーズを取っているが、好奇心が強く動き始めているのがありありとわかる。いろんな色を試してみたくてうずうずしている。この子はきっときれいになるだろう。きれいになりたい、と自分で口にすることができるのだから。

私はもう何も言わずにカウンターのこちら側に戻って少女を眺めている。

だから、帰ってきたのだと思う。私は母と妹にわかってもらいたかった。母と妹のことをわかりたかった。だから。また一緒に暮らしながら化粧品カウンターに勤めようと思った。このままだったら私たち家族はこのままだ。幼い頃からドレッサーの口紅を勝手につけてはうっとりしていた「少し違う」娘。知っていたはずなのに一度もきちんと話しあおうとはしなかった母。化粧ばかりするお姉ちゃんは八方美人で、そのぶん人間が薄っぺらい。化粧気のない妹は真面目なだけで面白みがない。家族がそれぞれそんなふうに思ったままなら、わだかまりが解けることもないだろう。だから。

目の前の少女は長い時間をかけて、一本の口紅を選んだ。はっとするような色だった。若い子が選ぶとはとても思えない、落ち着いた、深みのある紅。ほれぼれした。

＊

土日に出勤するだけで、家族はいい顔をしない。取り立てて用事があるわけでもないのに、週末は休むものだ、休めないのは「普通ではない」のだという。

「今はいいかもしれんけど」

母は言葉を選んで忠告をする。

「休みが合わんかったら、ひととのつきあいがおろそかになるやろ。きちんと週末に休めるような普通の会社に勤めたほうがいいんでないの」

普通、か。私は母にとって昔から普通ではなかったのかもしれない。少し違う、ときっと母も感じていた。

「お姉ちゃん、これからどうするの？」

妹はもっとずっと辛辣《しんらつ》だ。

「どうして国文科卒業して化粧品カウンターなのかなあ。キャリアを積むって仕事でもないでしょう」

「積むよ、これから」

私の返事など聞いていない。

「あたしの知ってるひとの友達の話なんだけどね」

「珠美」

母が口を挟んだ。

「つまらん話をするんでない」

妹は母に反発するように声を大きくした。

「美容部員やってたきれいなひとがいるんだけど、やっぱり辞めちゃって、水商売に行ったったらしいよ。今じゃ売れっ子だって。接客業だし、きれいにしてちやほやされたいんだったら水商売のほうが手っ取り早いよね」

驚いて妹を見た。

「何言ってるの、珠美」

「女の武器みたいなのを勘違いしてるんじゃない？　見かけだけきれいにしたって意味がないのよ」

「珠美、よしなさいま」

母の口調が険しくなった。

勘違いしてるのは妹のほうだ。ちやほやだなんて、誤解にしてもほどがある。美容部員としてだって、水商売だって、売れっ子になるのがどれだけ大変か。いや、そんな話ではない。妹がここまで反感を持っていることに鈍い衝撃を受けてしまった。化粧品にも、私に対しても。わかりあいたいなんて甘っちょろいことを考えていた自分を笑うしかない。

「気にせんといてやって」

立ち上がって居間を出ていった妹の背を見ながら母が言う。

「あれで結乃《よしの》を心配してるんやよ。まったく口の悪い。珠美のほうがよっぽど心配やわの」

珠美は私のことなど心配していないだろう。そう思ってから、何かが引っかかるのを感じた。彼女が誰かを心配している姿を、いつか見たことがあるような気がした。遠すぎて、よく思い出せない。記憶の底から妹のけなげな姿がぼんやり浮かんできかけて、やがてまた沈んでいった。


血を分けた家族とわかりあうよりも、他人とわかりあえたつもりになるほうがよっぽど楽な気がする。雑貨売り場の花村さんが意味ありげな視線をこちらに投げながら通っていったとき、私は思わず馬場さんに質問を切り出していた。

「前のひと？　白田さんのこと？」

　お客さんがひとりもいないのを確認するだけで精いっぱいだった。馬場さんの都合だとか気持ちだとか、ぜんぜん考えていなかった。考えていたら、このまま何も聞けなくなってしまう。

「いいひとだったよ」

　馬場さんに悪びれたようなところはまったくなかった。

「どうして急に辞めちゃったんでしょうか」

　何気なさそうに聞いているふりをして、息をひそめた。馬場さんの些細な表情の変化も見逃すまい。

「うーん、仕事には向き不向きがあるってことじゃない？」

　そう答えた彼女の穏やかな瞳には、さざ波も立っていなかった。

「でも、きれいなひとだったんでしょう」

　食い下がると、馬場さんは、あら、と意外そうな声を出した。

「きれいなひとが向いているとは限らない。きれいじゃないひとが向いているとも限らないけど。そうでしょう？」

　そうでしょう、と振られても答えようがない。はあ、と曖昧な返事になってしまった。

ともかく馬場さんは、白田さんがきれいなひとだというところは否定しなかった。そのことにほっとする。

「ひとの噂も四十九日って言うじゃない」

馬場さんは笑った。

「気にしないことよ」

「えっ」

気にしない、って、私が？　どうして？　気にするなら噂を立てられている馬場さんがでしょう？

言いたいことはいくつもあった。

「あの、馬場さん」

「ん」

「四十九日って法要の」

「あら、じゃあ何日だっけ。とつきとおか？　じゃ長すぎるよね。うーん、何日だっけ」

しらばっくれているのではなさそうだ。このひとが白田さんを辞めさせたわけではないらしい。それだけわかれば上出来だった。

「そうだ、馬場さん」

「うん」

「草野満代ってひと、知ってますか」

「うん、知ってるけど、ほら」

ちらりと横目で指した先にいつもの人影があった。フルメイクが能面のように見えるひと。気づけばメロディ・フェアがかかっている。もうそんな時間か。彼女は堂々とした足取りでずんずんこちらに近づいてくる。うちのカウンターを通り過ぎるときにほんのわずかに能面が崩れ、ふっと笑ったような気が、した。

＊

お化粧をするときと同じくらい、お化粧を落とすときが好きだ。そう話すと、たいていは不思議そうな顔をされる。お化粧をするのも、お化粧をしてきれいになった顔で過ごすのも好きなら、ずっと落としたくないはずじゃない？

それは、そう。そうなんだけど。——お化粧を落としていると、心がすうっと楽になる。一日の終わりに必ずここへ戻ってくるとわかっているから安心してお化粧を楽しめるのかもしれない。

それから、もうひとつ。お化粧を落としたときの顔は、朝お化粧をする前よりも少しだけきれいになっている気がする。少しすぎて誰にも気づいてもらえないくらいだけれど、自分にだけはわかる。少しずつ、少しずつ、毎日きれいになっている。

さらに、もうひとつ。ひとに説明するにはこれがいちばんわかりやすい。

「お化粧を落とさなかったら、明日またお化粧をする楽しみがないでしょう？」

洗面所の鏡の中でどんどん素に戻っていく自分の顔を見る。ヘアバンドで前髪を上げ、クレンジングクリームでてかてかしている顔は傍から見ればきれいには程遠い。どちらかというと間の抜けた顔だと思う。それでも、これが私の顔だ。もうちょっと二重がはっきりしていたらとは思うけど。鼻筋が通っていればと残念だけど。顎が尖っていたら、頬の肉が取れたら、と憧れるけど。

指に残ったクレンジングクリームをティッシュで拭う。心残りがある。ちゃぽん、と音を立てて胸の中に飛び込んできて、そのままだ。コップの水に花の種が落ちたような小さな音がして、種はそこで芽を出すこともできずに漂っている。

あの少女。緊張した面持ちでカウンターへ来て、きれいになりたい、と言った。

丁寧にメイクをしてあげたら、見違えるようになった。時間をかけて自分で口紅を選ぶと、その一本だけを買って帰っていった、あの少女。彼女はお化粧の落とし方を知っているだろうか。きちんと教えてあげればよかった。あのときは彼女の初々しい迫力に圧倒され、負けじとこちらも精いっぱいの力でメイクをした。クレンジングにまで気がまわらなかった。

簡単なメイク落としならコンビニでも買える。きっとだいじょうぶだとは思う。でも、悔いが残る。丁寧にお化粧を落として気持ちも肌も素に返してあげることの大事さを、あの子にも知ってもらいたい。

コットンでクレンジングを拭き取っていると、戸が開いた。珠美が入ってきて、私のほうを見もせずに脇をすり抜け、ばしゃばしゃと手だけ洗ってまた出ていく。

こちらは、じゃぼんだ。バケツにじゃぼん。

握り拳くらいの石ころが飛び込んできて沈んでいる。心残りというよりは、わだかまり。妹に対するわだかまりはずっと胸のバケツの底に沈んでいる。

あれ以来、妹とはろくに口をきいていない。同じ家に暮らしているのだから、会えば、おはよう、おやすみ、くらいは言うけれど、ほんとうにそれだけだ。これまで特に仲が悪かったわけではないはずなのに、お互いに意地を張っている。

顔を洗おうとしてふと見ると、洗面台の脇に雑誌が置いてあった。数字パズルばかりが載っている雑誌だ。こんなものを読むのは、この家には妹しかいない。さっき手を洗うときに持ってきてそこに置き、そのまま忘れていったらしい。持っていってあげようかと手を伸ばしかけて引っ込めた。置き忘れに気づいた妹が洗面所に戻ってきたからだ。

「その雑誌、トイレに持ち込んだんでしょう」

顔をてからせた私が言うと、

「放っといてよ」

妹は雑誌を取ってすぐに出ていってしまった。ただし、声はやわらかかった。そろそろ普段通りに戻る頃合いかもしれない。普段通りに、つかず、離れず。今はちょっと離れて間合いを取りすぎているだけだ。

トイレに雑誌を持ち込むのは父の癖だった。私が国文科なのに妹は数学科。それもきっとエンジニアだった父の血だ。そんなことを、妹は知らない。もうずっと昔、妹がまだ幼かった頃に、父はこの家を出ていってしまっている。私だって、父のことは覚えているようで覚えていない。記憶の中で振り返ったその顔は逆光で、笑っているようでもあり、さびしげでもあり、どんな表情をしていたのだったか、思い出そうとすると輪郭がぼうっと霞んでしまう。

機械メーカーでエンジニアをしていたことや、トイレにこっそり雑誌を持って入ること、穏やかだったけれど無口でもあったこと。そんな断片だけが浮かんでくる。今にして思えば、無口というのはもしかしたらちょっと違ったのかもしれない。父はこの家で何も話すことがなかっただけで、外では喋っていたのかもしれなかった。だから、母や私たち以外の誰かと親しくなって家を出た。もう、痛みもない。思い出しても、歴史の年表を読むような気分になるだけだ。


今日は本社から、ひとが来ることになっている。新人研修の一環で、終業後にマネジャーと一対一のミーティングが開かれるのだ。

「ヘルパーさんとのミーティングも近いんですよね。明日でしたっけ。どうして厄介ごとは続くんでしょう」

気が重かった。売り上げ目標とその到達度を確認し、叱咤《しった》されたり激励されたりするんだろう。

「気をつけてね」

馬場さんが意味ありげな微笑を浮かべた。

「何にですか」

「マネジャーに」

よく意味がわからなかった。本社から来るマネジャーの前でへまをするな、ということだろうか。それなら、この笑みはなんだろう。

「あのひと、ひとたらしだから」

声をひそめた馬場さんはなんだか楽しそうだ。あのひと、というのは誰のことなのか。私が知っているマネジャーは、三十になるかならないかくらいで、スーツが似合わなくて、現場慣れしていない感じの、なんだかちょっと頼りないひとだ。

「馬場さん、あのひとって」

「だから、マネジャーよ」

「えっ、でも」

しっ、と馬場さんは人差し指を唇の前に立てる。口紅に触れないよう、隙間を空けてだ。

「……馬場さん、たらし込まれちゃったりしたんですか」

「ううん」

「じゃあ」

どういうことですか、と聞こうとして、馬場さんの口角がきゅっと上がっているのを見た。上げているのではない、上がっているのだ。いつもと違う。馬場さんとマネジャーの間には何かあるのかもしれない。立ち入らないようにしよう、と私は思った。

「ともかく、ぱっと見イイオトコだから。見とれたりしないように、ってこと」

これではっきりした。人違いだ。私が思っているマネジャーはぜんぜんイイオトコなんかじゃない。

「はい」

どきどきしながらも、とりあえず引き下がった。本物のマネジャーはどんなひとなんだろう。馬場さんがイイオトコだと言うからには、相当なイイオトコだという気がする。ひとをたらす、か。女たらしより格が上だ。

ふと、ひらめきが走った。

「白田さんと、何か関係がありますか？」

思わず口をついて出た質問に、もうカウンターのほうを向きかけていた馬場さんが振り返った。

「どうして？　おかしなことを言うわねえ」

のほほんとした口ぶりだった。なんだか私の読みは外れてばかりだ。では私が思い違いをしていたあの頼りなさそうな男性は誰なんだろうという思いが頭を過《よ》ぎったけれど、べつに誰でもいいかと思い直す。

気にしていてもしかたがないから今日も一日がんばろう。そう思いつつ、がんばる場面はあまり来なかった。相変わらずお客さんは馬場さんのほうへ流れる。私のどこがいけないのか。馬場さんの何がお客さんを引きつけるのか。悶々と考えながら、終業時間まで過ごした。

終業後、連絡を受けたとおりにモールの外で待つ。五月の若い緑の匂いがする。夜の匂いと混じって、むせ返りそうだ。

もうすぐここへひとたらしのマネジャーが現れるはずだ。わざわざ車で移動して、お茶を飲みながらのヒアリングだそうだ。まわりに気を遣うことなく、リラックスして本音を話してほしい、ということらしい。でもそんなふうに言われたら、かえって緊張するではないか。入社式のときと同じスーツを着て、ぐずぐずうつむいている。何を聞かれるんだろう、何を話せばいいんだろう。

モールの東側の角。白い営業車が停まった。

降りてきたのは、あのひとだった。スーツが似合わなくて、頼りなさそうで、加えて言うなら車の運転もヘタそうだ。歩道に前輪を乗り上げるようにして停まっている。もちろん、ぜんぜんイイオトコじゃない。

「こんばんは」

挨拶をしてから、私は聞いた。

「おひとりですか」

そのひとは、不思議そうな顔で答えた。

「ええ。僕ひとりです。ミーティングは一対一で行われると事前に聞いていませんでしたか」

「聞いていました」

ということは、あなたがマネジャーなんですか。やっぱり、という気持ちに、まさか、という思いが重なった。

「どうぞ、乗ってください」

促されて後部座席に乗り込む。代理という可能性もあるだろうか。このひとは、本物のマネジャーの代理。そうでなければ、馬場さんがあんなにイイオトコだと言っていたのが理解できない。

国道沿いに少し走ったところにある終夜営業のファミリーレストランへ入る。ウインカーを出すのが早すぎて、その手前にある閉店した紳士服店に入るつもりなのかと疑ってしまった。

「この辺、あまりいらっしゃらないんですか」

私が尋ねたら、

「仕事でしか来ません」

あっさりした答が返ってきた。話が続かない。まあ、いいんだけど。私がいろいろ聞かれる立場なんだから。ともあれ、このひとが特に気をつけるべき人物のようには見えなかった。

お茶を飲みながら、二十分ほどのヒアリング。そう聞いていたから、とりあえずコーヒーを頼んだ。

「どうですか」

いきなり聞かれて口ごもる。大変お腹が空いています。そう答えたかった。気を取り直して、頭をヒアリング用に切り替える。ええと、なんとかやっています。これじゃいい点数はもらえないだろう。何か気の利いたことを答えなければ。そう思いながらも緊張感が続かない。このひとがゆるいからだ。もらったばかりの名刺に目を落とす。北陸支部マネジャー、福井研一。ふくいけんいち、ってそれじゃ福井県民に失礼だ。ちらっと目を上げて、向かいの席にいる福井研一の顔を見る。どこがどう福井県でいちばんなんだか。

「同じ職場の先輩によくしてもらって、仕事がしやすいです」

ようやく思いついて、ポイントの高そうな答を返すことができた。しかし、福井研一はうなずいただけだ。会話にユーモアがあるとか、そういう方面の期待もできなさそうだった。

いったいこのひとのどこがイイオトコなんだろう。どこがひとたらしなんだろう。明日、馬場さんに会ったら聞いてみよう。そうだ、今、写メで送りつけてみようか。くく、と忍び笑いが漏れた。馬場さん、見る目おかしいですよ。

「どうかしました？」

福井研一が怪しむような顔をしている。

「いえ、べつに。ふふ」

このひとがイイオトコだなんておかしい。必要以上にうれしくなってしまったのは、馬場さんの弱点を見つけたような気持ちになったからだ。馬場さんって見かけによらない。男を見る目、ないじゃん。ふふふ。

見ると、福井研一もちょっと表情を崩していた。

「おもしろいひとですね、小宮山さんは」

ふふ。ふふふふ。はは。あはは。

何がおかしいのか、私たちは意味もなく笑いあった。

「わざわざマネジャーが新人のところへ出向いて話を聞いてくださるなんて、手厚い会社ですよね」

私が言うと、まじめな顔に戻って福井研一は言った。

「ひとを育てていくことが、結局は会社のためになるんです」

受け売りみたいな口調だった。きっとほんとうに受け売りなんだろう。そうして彼はアイスコーヒーを飲み終えると、伝票を取った。二十分のはずが、十二分で済んだ。ああ、ほんとにお腹が空いちゃったなあ。


翌朝は、早かった。始業前にミーティングがあったのだ。

どうして始業前なのかと文句を言うと、ヘルパーさんを交えて三人でのミーティングだからしかたがないのだと馬場さんは意に介したようすもない。でも、終業後という選択肢もあったのではないか。こっそりと馬場さんが始業前を選んだのだと私は読んでいる。

「あたし、遅番なんですけど」

「そのまま早番に入ればいいじゃない」

「だって、早番は馬場さんでしょう」

「そうよ」

涼しい顔で馬場さんは答えた。

「早番にふたり入っちゃっていいんですか。遅番はどうするんですか」

「遅番まで続ければいいじゃない。超過勤務もつくし」

「開店から閉店までずっとですか？　しんどいですよ」

「あら」

馬場さんはにっこりと笑った。

「だいじょうぶ。朝はヒマよ。お客さん、ほとんど来ないから」

だったら尚さら早番にふたり入ったらまずいだろう。

「ヘルパーさん、来るんでしょう」

ヘルパーさんというのは二人体制のこのカウンターでどちらかが休みのとき、あるいは忙しいときにヘルプに入ってくれるビューティーパートナーのことだ。いつも決まったヘルパーさんが来てくれるわけではないが、このカウンターは大概は松《まっ》尾崎《おざき》さんという女性が担当してくれている。ヘルパーという名前ではあるが私たちを統括する部門にいるベテランの美容部員だ。

「ヘルパーさんはミーティング終わったら帰っちゃうから、気にしなくて平気よ」

馬場さんは気にならないらしい。しかし、ほんとうに気にしなくてだいじょうぶなんだろうか。そう悩みつつ、九時に出勤したのだった。

昨夜の、マネジャーとのミーティングとは打って変わった雰囲気にたじろいだ。いきなり販売実績の週別、品目別、販売員別グラフが並べられている。

「ああ、そういえば」

グラフを目にして、思わず口から言葉がこぼれた。グラフが突きつける事実はひとつだった。

――凄腕だったんだ。

そういえば、ではない。馬場さんは凄腕だと初めから言われていたのだった。名指しで来るお客さんの多さにその片鱗を見ていたくせに、喉もと過ぎればというあれだろうか。喉もとなんてぜんぜん過ぎていないのに、近くにいすぎて慣れてしまったんだろうか。

毎日近くで働いている相手のことは、よく見ているようで、真の姿を見きわめるのが存外難しいのかもしれない。最初のうちこそ凄腕だという評価を気にしていたものの、この頃はときどきぽろっと忘れてしまっている。馬場さんはいつも飄々《ひょうひょう》としているので、プレッシャーを感じさせないのだ。

馬場さんの凄さに気づけないのは、受けとめる私の容量不足だ。私の目が節穴だからだ。まだ新人だということを差し引いても、私と馬場さんとでは売り上げの桁が違っていた。

「ほんとうに凄腕だったんですね」

売り上げ表を見ながら感嘆のため息を漏らしたら、

「いや、感心してるばかりじゃ駄目なわけで」

ヘルパーさんがあきれたように言った。

「小宮山さん、もう少し売り上げを意識していきましょう」

彼女の口調は穏やかだった。かえって申し訳なくなって、

「来月は頑張ります！」

はりきった声を出したら、とりあえず笑ってくれた。

ヘルパーさんも大変だと思う。ここで厳しく叱咤すれば、辞めるとまでは言わずともへそを曲げる女の子が確実にいるだろう。ノルマはない。しかし、売り上げ実

績を報告する以上、その数字で評価されているのは間違いないのに。

職場に戻っても、士気は上がらなかった。馬場さんの言っていたとおり、お客さんがほとんど来ないのも災いした。ヒマだとつまらないことを考えてしまう。それに、午前中ずっとこんなにヒマなら、馬場さんのあの売り上げは私が出社してから同じ条件で得られたものだということになる。

「いらっしゃいませ」

ようやく現れた男性客に、馬場さんが応対している。私は会釈だけをしてその場を離れた。柱の陰でショーケースの中の整理をする。やる気が出なかった。はりきってみても、来るのはどうせ馬場さんのお客さんだ。

「どうしてそんなにいじいじしてるのよ」

お客さんが帰った後、馬場さんは私の背中に声を掛けてきた。

「もしかして、午前中のお客さんは私のお客さんだから、取ったら悪いとか思ってる？」

私は首を振った。取ったら悪いも何も、取りようがない。

「誰のお客かなんてけちけち考えてるのがいけないのよ。誰のお客でもおんなじよ」

おんなじじゃない。馬場さんにはお客さんが多いからそんなことが言えるのだ。

先輩によくしてもらって仕事がしやすいです。マネジャーにそう答えた昨夜の自分がばかみたいだ。どこがイイオトコなんですか、とからかおうと思っていた楽しい気分も消えてしまった。私はそうして一日いじいじと、けちけちと、時間をやり過ごした。

やっと私専属のお客さんが来たのはすっかり夕方になってからだ。

「あ、ほら」

小声で言って、馬場さんはカウンターの向こうに視線を走らせた。その視線を追って振り返った私の視界に、見慣れた姿があった。馬場さんとふたりで声を揃える。

「いらっしゃいませ」

機嫌よく現れたのは浜崎さんだった。

「どうやの」

ど、どうやのって。お客さんの台詞《せりふ》とも思えない。どうですか、と聞いたマネジャーを思い出した。ああ、昨日は空腹がこたえたなあ。

浜崎さんはそのまま、よっこらせ、とスツールに腰をかける。

「からあげ買ってきたざ。好きやろ、あんた」

たしかに好きだけども。フードマートでからあげを買ってきてくれるより、ここで眉コームを一本買ってくれたほうが私はうれしい。

「いつもありがとうございます」

丁寧に頭を下げる。浜崎さんの気持ちはありがたいけれど、ここのはちょっとにんにくが効きすぎている。いや、そういう問題じゃなくて。

「お客様に何かをいただくのは心苦しいので、どうかお気遣いなく」

本心からの言葉だ。しかし、浜崎さんは、あははと笑った。

「お客様でないやろ。なあも買わんし」

そのとおりだ。ぐっと詰まった。どう答えればいいのかわからない。一緒にあはと笑ってしまえばいいのかもしれない。

「その後、いかがですか。眉のお手入れ、きれいになさっていますね」

ビューティーパートナーらしく話を振った。浜崎さんはカウンターに身を乗り出すようにして、自らの眉を指で撫でた。

「ほうやろ。眉をきれいにするだけで、なんや気持ちがあかるうなった」

「お買い上げくださった剃刀、使いやすいでしょう。カット鋏やコームはどうしていらっしゃいます？」

鋏とコームをささっと用意しながら聞く。

「こちらのコーム、鋏とペアで使いやすいように設計されておりまして、初めてでも簡単に……」

「ほんな使うもんでもないし」

浜崎さんが遮った。

「使うときはみずえさんに貸してもらうでいいわ。ほれより、ちょっと聞いてくれるか」

出た、と内心思うけれども、どうしようもない。ちょっと聞いてくれるか、の後は、化粧品とは関係のない世間話になるのはわかっていた。ちらりと背後を振り返ると、馬場さんはカウンターの反対側でサンプルを補充している。しかたがない、しばらく浜崎さんにつきあうか。以前はよく同居のお嫁さん、みずえさんの愚痴を言っていた。近頃は、それがなくなっただけでもマシだ。だけど、町内会の揉めごとだとか孫の自慢だとかを聞かされてもなあ。

「コームも鋏も、みずえさんが持っていらっしゃるんですね」

声に落胆が滲んだかもしれない。しかし浜崎さんは得意そうにうなずいた。

「コームやら鋏やらなんやら、いろいろ持ってるざ。よう使いこなせるもんや。私はそれをときどき借りるだけ」

よかった、と思う。借りるのではなく、自分用を買ってくれたらもっといいんだけど。メイク道具を貸し借りできるくらいなら、仲よくやっているのだろう。好きではないひとの化粧品を使うのも使われるのも嫌なものだと思うから。

浜崎さんは近所で派手に行われたという結婚式の話を始めた。嫁入り時の饅頭撒きの数がすごかった、と。

「いつか、お返しに――」

唐突に口を挟んだ私に、浜崎さんがきょとんとした目を向ける。

「あ、いえ。いつも近所でよくしてもらっているお返しのつもりだったのかもしれませんね」

「ほうかの。お返しかの」

ほんとうは、いつか、お返しに、みずえさんに化粧品をプレゼントしてはいかがですか、と言いたかった。いつも化粧品を貸してくれるみずえさんのお誕生日に口紅をプレゼントしては――。

でも言えなかった。頭の中で宣伝文句がぐるぐる渦巻いたけれど、結局言わずじまいだ。余計なことを言うもんじゃない。せっかくうまくいきかけている浜崎さんとみずえさんの間に変な気遣いを与えることにもなりかねない。

「のう、あんた、小宮山さん」

浜崎さんは私の目を覗き込むようにして囁いた。

「ひとがよすぎるわ」

「はあ」

「ほんなもん、見栄張ってるだけに決まってるやろ。饅頭うんとこさばらまいて、いいとこ見せたいだけや」

そう言うと、にっと笑った。

「いいとこ見せたい気持ちはわかる。みんなそうやわ。ほやけど、いいとこばっか見せてもの。それを相手がちゃんといいように受け取ってくれるかどうかが問題なわけや」

いいところ、見せればいいじゃないですか。いつも化粧品を借りているお礼に口紅を贈ったとしても、みずえさんはひねくれて受け取ったりはしないだろう。浜崎さんにそう提案してみようか。

しかし、遅かった。話し終えて気が済んだらしい浜崎さんはスツールを下りてしまっていた。

「ほなの、また来るわの」

軽く片手を挙げた浜崎さんに、しかたなくお辞儀をする。

「からあげ、ごちそうさまでした」

カウンターに白いビニル袋が残された。中にはパック詰めのからあげが入ってい
る。これも、浜崎さんのいいところを見せたい気持ちなんだろうか。それとも、お
返しのつもりだろうか。

浜崎さんが去ったほうを見ながら、馬場さんが隣に立つ。

「ちょっと早いよね」

「何がですか」

「からあげ」

見るとカウンターの下に隠した袋を馬場さんが指している。

「今もらっても、遅番のあなたが帰る頃にはすっかり冷めちゃうじゃない」

「あ。もしよかったら、持って帰ってください。早番の馬場さんが」

「あらあ」

馬場さんは涼しげな目を見開いて大きく瞬《まばた》きをした。たっぷりとマスカラの載っ
た睫《まつげ》がくるんと反っている。

「そんなつもりじゃなかったのよ。でも今日は旦那が飲み会だって言ってたから、

これだけあれば果実とのごはんは済んじゃうなあ」

「いいですよ、私、実家ですから母が夕飯の用意をしておいてくれるんです。よかったら、馬場さんもらってください、早番の馬場さんが」

「悪いわあ」

早番の、に精いっぱいの皮肉をこめたつもりだが、ぜんぜん悪く思っているふうではない。馬場さんはにこにこと笑っていた。

Who is the girl with the crying face
Looking at millions of signs

ああ、今日ももうこんな時間だ。館内放送でメロディ・フェアが流れている。

「いらっしゃいませ」

ときどき見かけるお客さんがこちらに向かってきている。おとなしそうに現れるのに、馬場さんの勧めるまま、どんどん新商品を買っていく。いいなあ、あんなお客さん。

その後ろから、いつもの、彼女だ。鉄壁のメイクをして化粧品カウンターを睨みつけるように歩いてくる。私が知っている限り、ここで買い物をしていったことはない。お客さんではないから挨拶をするのも変だし、でもほとんど毎日のように顔を合わせるのに知らん顔をしているのも逆に不自然な気もするな、と思ったとき、彼女がうちのカウンターの前で、正確に言えば私の目の前で、思いがけずぴたりと足を止めた。

「おす」

思わず聞き返しそうになった。今、なんと？

「おす」

彼女がもう一度同じ言葉を発する。

「お、おす」

何か言わなくては、と反射的に返した言葉に彼女はにやりとした、ような気がする。が、定かではない。メイクが濃すぎて表情がよくわからない。

「まさか忘れたんじゃないでしょうね」

忘れた？　私が？　何を？　何も言えずに口をぱくぱくしている私に向かって彼女は言った。

「なによどうしたのよ小宮山結乃」

フルネームだ。間違いなく私の名前をフルネームで呼んだ。面食らっている私に彼女は今度ははっきりと口の端を持ち上げて笑った。あ、この笑い方。ええと、ええと。

「おす」

にやりと笑ったまま彼女が繰り返す。彼女と私の間に、何か合い言葉のようなものがあったような、ええと、でも思い出せない。そもそも、誰なんだ、このひと。誰だかわからないのに合い言葉もない。

「め、めす……?」

彼女の顔から笑みが消える。

「結乃、ホントに忘れてもたんか?」

早口の福井弁を聞いて、不意に巻き戻った。五年、十年、十五年。小学校の、たしかまだ低学年だったはずだ。この声。誰だったか。おす。この声。すごく近くにいたひとのはずだ。

「もう一回お願いします」

真剣に頭を下げると、彼女は鷹揚《おうよう》にうなずいた。

「おす」

おっす、に近い、おす。そのとき、ばばばっと音を立てて記憶がよみがえった。おっす、オラ悟空。そうだ、ドラゴンボールだ。悟空の声真似までしたんじゃなかったか。

「ワクワクすっぞ！」

私は叫んだ。思いっ切り鼻にかけた、悟空に似せたつもりの声。目の前の鉄仮面はよろこんで手を叩き、カウンターで接客をしていた馬場さんはぎょっとした顔で振り返った。

ミズちゃん。ミズ。ミズキ。そうだ、真城《ましろ》ミズキだ。目の前に立っているのは、小学校に上がったとき、同じクラスでいちばん仲のよかった真城ミズキだった。四年生になる春休みの間に私が転校してしまったから、会うのは実に十三年ぶりということになる。

久しぶり！　どうしてた？　今どうしてるの？　なんでここにいるの？　そのとんでもない厚化粧はどういうつもり？

聞きたいことはいくらでもあった。でも、ともかく、だ。

「連絡先、教えて」

ミズキの顔から笑みが消える。幼なじみが見ても怖い、鉄仮面だ。

「なんで連絡先なんか聞くの。今こうして会って話してるじゃない。後で連絡しようなんて思ってると、すぐに時間が経っちゃうんだよ。今だよ、今。あたしたちにあるのは今だけなんだよ」

真顔で詰め寄られて一瞬納得しかけたが、かろうじて冷静を保った。

「いや、今、仕事中なのよ私」

接客中の馬場さんを意識し、声を落とす。

自分の名刺に、手元のボールペンで携帯の番号を書き加えてからミズキに手渡した。彼女は無表情のまま名刺を眺めていたが、

「あんなに毎日毎日一緒に遊んでたのにさ。十何年ぶりに再会したっていうのに、結乃、あたしのことわからなかったんでしょ。脆《もろ》いものよねえ、女の友情なんて」

そう言ってため息をついた。違う。引っ越してすぐに手紙を書いたのに、返事をくれなかったのはミズキのほうだ。私もその一通きりしか出さなかったのだから似たようなものかもしれないけれど、少なくとも友情としてはおあいこだ。

「もしかして、あたしがあんまり変わってたんでわからなかったの？」

いきなり核心を突かれて答えることができない。

「……ただ今仕事中ですので、またあらためて」

「あー、そんなこと言って逃げるつもりだ。結乃は昔から弱虫だったよ。いつも給食食べきれないで泣いてて、あたしが手伝ってあげてたんだよね」

「ですからっ」

声量は絞ったまま私は声にドスを利かせた。「ら」は巻き舌になった。

「後で必ず連絡しますのでっ」

気が治まらず、続けた。

「……手伝っていただいたのではなく、お客様に牛乳プリンを食べられて泣いた記憶はあるのですが」

鉄仮面が口元を緩ませた。

「なんだ覚えてるのか。わかった。連絡待ってる」

ミズキがカウンターを去るまで、わずか三分ほどの間だったと思う。それでも、鉄仮面がピンクのカウンターの新人と親しげに話していた、あろうことか笑みまで浮かべていたらしい、という噂は瞬く間に広がるに違いない。私だって、もしもあの鉄仮面が談笑する場面に出くわしたなら、みんなと同じように驚き、誰かにその様子を話したくてたまらなくなっただろう。ところが、鉄仮面が話していた相手は、私なのだ。混乱してあたりまえ、首を傾げたくなって当然だ。鉄仮面とミズキがつながらない。素顔の鉄仮面が思い浮かばない。鉄仮面が小学生だったことがあるということ自体、信じられないくらいだ。それなのにまさか仮面を取ったら、あのミズちゃんだったなんて。ミズキにいったい何が起きたんだろう。どうしたらミズキが鉄仮面になれるんだろう。

いけない、いけない。仕事中だ。意識して口角を上げる。笑顔をつくる。ぼんやりとさまよっていた視線を上げる。と、カウンターの向こう、売り場のあちこちでこちらを窺《うかが》っていたらしい、いくつもの視線がさっと外されるのがわかった。

馬場さんが怪訝そうにこちらを見ていた。このひとだけは視線を外さないでいてくれた。

「どうしたの、何笑ってるの」

「え、笑ってませんけど」

「笑ってるって」

笑っているとしたら、現実逃避だ。身を守ろうとして自動的に出た笑みだ。

「意識しないで微笑んでいられるようになったら一人前よ。ビューティーパートナーとして合格点」

先輩らしいことを言ったかと思えば馬場さんはカウンター下の時計を確認して早口になった。

「時間だわ。悪いけど、あたし上がるね。お先に」

「あ、お疲れさまでした」

さっさとカウンターを出ていきながら、馬場さんは囁いた。

「楽しみだわ、明日」

明日、何かあっただろうか。マネジャーとのミーティングがあったのが昨夜、そして今朝はヘルパーさんとの会議が行われた。明日は何だ。

明日は何があるんでしたっけ、と聞こうと口を開きかけたとき、

「たっぷり聞かせてもらうからね、さっきの話。小宮山さんてば、あの彼女と知り合いだったなんてひとことも言ってなかったじゃない。ああ、残念、今日はもうお迎えの時間だなんて。じゃ、お先」

小さく手を挙げて、馬場さんは足取りも軽やかに去っていった。

たしかに、そうだ。マネジャーとのミーティングより、ヘルパーさんとの会議より、私たちに衝撃を与えたのが、あの彼女の訪問だった。馬場さんにとっての衝撃と、私が受けた衝撃の種類は多少は違うだろうけれど。

あの彼女――鉄仮面。まさかミズキがそんなふうに呼ばれるようになるとは。ちょっとふざけ屋で、いたずら好きで、いつも笑ってばかりいた元気な可愛い女の子だったはずだ。まあ、ちょっと怒りっぽくもあったけど。あと、ちょっと泣き虫でもあったかな。でも、気のいい子だった。

彼女がどうして鉄仮面となったのかは、謎だ。きっと何か訳があるんだろう。誰にも言えない深い秘密が。

「……ちょっと」

カウンターの向こうから声を掛けられて、慌てて声を張り上げる。

「いらっしゃいませっ」

身なりのいい女性がこちらを窺うように立っていた。

「お待たせしました、何かお探しでしょうか」

あらためて尋ねると、

「ハッピーメイクシリーズの化粧水と乳液。どちらもしっとりタイプね」

はきはきとした声で彼女が言う。

「はい、かしこまりました」

ショーケースの前に屈んで化粧水と乳液のボトルを取り出す。

「コットンなどはよろしいですか」

彼女はちょっと小首を傾げるようにした。

「そうね、もらっておこうかな。美容液もそろそろなくなるんだけど、もうすぐ新商品が出るんじゃなかった？」

「あ、はい。さようでございます」

「じゃあ、それを待とうかしら。今日はいいわ」

彼女がにっこり微笑むと、ますます品のよさが立ち現れるようだった。目尻に緩やかな皺が入るものの、手入れを怠らずに磨いてきた肌と丁寧なメイクが彼女の年齢を曖昧にしていた。四十前後、だろうか。もう少し上か。かなりきれいなひとだ。

手早くボトル二本とコットンの箱を包みながら、彼女の情報を推測する。顧客カードを読み取れば、名簿から正しい情報は得られる。しかし、その前に推測するのが私のささやかな楽しみでもあった。
・四十二歳
・既婚
・だんなさんは上場企業の部長
・子どもは女の子がひとり

・趣味は映画とダンスとお料理、意外にも自分で四駆を運転してドライブ
「三点で五千七百円になります。ピンクのカードをお持ちでしたら、いただけますでしょうか」

するとと彼女は答えたのだ。

「カードはないわ」

持ってくるのを忘れたという意味だろうか。それとも、はじめから持っていないのか。そんなことはないだろう。

「では、ポイント未処理の判子をレシートに押させていただきますね。次回いらっしゃったときに――」

私の言葉を彼女は、けっこうよ、と遮った。

「カード、持ってないから」

鼻白《はなじろ》みそうになりながらも粘った。

「お持ちでいらっしゃらないなら、すぐにおつくりできますが、どういたしますか」

「ちょっと寄っただけだから、いいわ。カードは要らない」

「さようでございますか。では、あの、もしもこちらで以前にお買い上げいただいていましたら、カルテのようなものをおつくりしておりますので、お名前だけ頂戴

できれば」

「うん、ちょっと寄っただけだから」

繰り返されて、はい、と引き下がるしかなかった。うちの商品を使ってくれているのは確かだと思う。それなのに、どうしてだろう。個人情報を知らせたくないのかな。ということは、何かいわくのあるひとなのだろうか。あるいは、ガードを堅くせざるを得ない、有名人だとか、すごいお金持ちだとか。

考えをめぐらせつつ、会計を済ませ、商品を手提げに入れる。

「新しい美容液のサンプルをお入れしておきますね。二十五日に発売になりますので、ぜひまたいらしてくださいい」

ありがとう、と彼女は包みを受け取って微笑んだ。また来るわね、とは言わなかった。もう来ないわよ、とも言わなかったのだけれど、きっとこのひとはもう来ないつもりなのだろう。また来るのならカードくらいつくるはずだから。

遠ざかっていく彼女の、足の運び方、長めのスカートの裾の捌《さば》き方にも、優雅な雰囲気があった。惜しい。いいお客さんになってくれそうなのに。ああ、惜しい。その後ろ姿を未練がましく追いつつも、彼女のことはそれ以上考えないことに決めた。なんだか、今日はもう頭がいっぱいだった。

ふと視線を感じて顔を上げると、花村さんがフロアを横切っていくところだった。はっきりと、こちらを見ていた。まったく面倒くさい。ミズキの鉄仮面は化粧品カウンターのみならず、フロア全体で話題になっていたことだろう。その彼女がここで私と親しげに話していたのだから何事かと様子を見に来たくなるのもわかる。しかも、あの花村さんだ。前任の白田さんが辞めたのはいかにも馬場さんのせいだというような噂をわざと私に話して楽しんでいたひとなのだ。面白そうなことにはすぐに飛びついてくるだろう。

私は急いで視線を手元に移し、息をひそめて花村さんが通り過ぎるのを待った。輝く肌へ、ハッピーメイク。パンフレットの中のモデルが微笑んでいる。ハッピーなメイクのために美容部員ができることなんて、たかが知れている。身元を明かす気もないマダムと、親の仇《かたき》のように化粧品を塗りたくる旧友。私は無力だ。今日はこのまま、息をひそめてやり過ごそう。

家へ帰ってからも気分が晴れなかった。誰も私のことなど勘定に入れていない気がした。

とはいえ大人三人の家で誰かがぶすっとしていると、家じゅうの空気がぶすぶすしてくる。そういう意味では、ここでは私もかろうじて勘定に入っているのかもしれない。私は努めて口角を持ち上げ、にこやかにふるまおうと決めた。それが家族の一員としてのマナーってものだ。

遅い夕食に、今夜は妹も一緒だった。ゼミが長引いたのだという。

「普通そういうときって、ゼミの後みんなでごはん食べに行ったりせん？」

私が聞くと、妹は青菜の煮びたしの器を引き寄せながら答えた。

「普通かどうかは知らんけどね、飲みに行ってる子は多いね」

「珠美は行かんの？」

この子は人づきあいが上手なほうではない。姉として少し気がかりだった。限られたメンバーでの飲み会にくらい参加してもいい。

「慣れてもた」

なんでもないことのように妹は口にした。

「待って」

私は慌てて遮った。慣れてもた、って何にだろう。まさか、ひとりに、なんて言うんじゃないでしょうね、弱冠二十歳にして。

「残念、待てません。沢庵の炊いたの、これで最後ぉ」

珠美は昨日も食卓に上っていた常備菜の最後の一切れを箸でつまみ、それを下から受けるようにして食べてみせた。

ああ、よかった。口論して以来とげとげしていた私たちの間に、するりとクリームが塗り込まれたみたいだ。少しずつマッサージして、揉みほぐされてきた感じがする。

でも、そのおかげで、聞き捨てならないことも聞いてしまった。

慣れてもた、と珠美は言う。ひとりでいることに慣れたのではなく、慣れさせられてしまったのではないか。胸が塞がるようだった。この不器用な妹は、友達がいなくて、休み時間もあの数字のパズルばかり解いて時間を潰しているのではないか。

「何怖い顔してんの、お姉ちゃん」

「珠美、友達がいないなら、あたしと遊ぼう。だいじょうぶや、ひとりでないざ」

珠美は口に入れかけていたお味噌汁を吹き出した。

「ちょっと、いやや、お姉ちゃん。何言い出すの、もう、はよティッシュ取ってま」

台布巾とティッシュの箱を取って珠美に渡す。

「あのね、お姉ちゃん。何を考えてるんか知らんけど、あたし別にひとりでないし。っていうか、ひとりになりたいくらい」

「どういうこと」

「言いたかないけど、お姉ちゃんがえんかった四年間、あたしこの家でお母さんとずっとふたりやったの。夕飯がひとりやとさびしがるやろうと思って、これでけっこう気を遣ってきたんやざ。大学に入ってからも夕飯までには家に帰るようにしてたら、友達にもだんだん誘われんようになった。で、今じゃ授業が終わったら直帰に慣れてもたってわけ。お姉ちゃんも戻ってきたことやし、そろそろあたしも羽根伸ばしたいわ」

「あ、ああ、そう」

ぜんぜん気がつかなかった。珠美は珠美で家族のことを気にしていたのか。

「これからは家に私もいるんやし、もう少し友達との時間を大事にしてもいいと思うけどの」

控えめに言ってみた。ふん、と妹は鼻を鳴らした。

「あらあら」

キッチンの暖簾《のれん》を掻き分けて母が顔を出す。

「あんたら、ずいぶんやねえ」

「お母さん」

「なんやの、まるで私を厄介者みたいに。私かてひとりになりたいわ。あんたら、ほんとに私のこと気遣ってくれるんなら、たまには外で食べてきてくれてもいいんやよ。晩ごはん、あんたらがつくってくれたかていいんや。ほや。ほうしよ。週に一回ずつくらい、あんたらそれぞれ晩ごはんつくってや」

「お、お母さん」

しまった。墓穴を掘ってしまったらしい。眉を顰《ひそ》めて顔を見合わせる私たちの向かいに、母はどっかりと腰を下ろして面白そうに笑った。


さて、と。ごはんを食べたら自室に戻ってミズキに電話をかけよう。そう思っていたのに、出鼻を挫《くじ》かれた。ミズキの連絡先を聞いていなかった。

「必ず連絡しますので っ」

啖呵《たんか》を切った自分の声が耳によみがえる。ミズキは連絡先をわざと渡さなかったんだろうか。それでどうやって私が連絡をつけるつもりか、試しているんだろうか。面倒なことになったな、と思う。ミズキに会えてうれしいけれど、正確には、私はミズキの威を借りた鉄仮面にしか会っていない気分だ。いや、鉄仮面を被ったミズキか。そのまんまだな。

どうせ、また会える。毎日のように彼女は化粧品カウンターの間を歩いてくるのだ。メロディ・フェアの音楽と共に。考えていてもしかたがないから、とりあえずシャワーを浴びてこよう。

「お姉ちゃん！」

階段を下りかけると、ちょうど下から珠美が叫ぶところだった。

「どうかした？」

慌てて声のしたほうへ向かう。珠美はパンツ一丁にバスタオルをぐるぐる巻き付けて仁王立ちになっている。

「お風呂の当番、今日お姉ちゃんでしょ。入ろうとしたら沸いてえんし！　ああ、さぶ」

「さぶくないって、もうシャワーでいいって」

「また勝手なこと言って、うちは一年じゅうお風呂なの、建て付け悪くて隙間風入るんやし、シャワーじゃ嫌や」

面倒くさい。私は一年じゅうシャワーでもいいくらいだ。

「入りたいひとが沸かせば」

「お姉ちゃんはまたそういうことを！　家族三人でやっていくのにそんな勝手な

こと言っていいんか」

バスタオルを巻き付けただけの小娘にそんなこと言われてもぜんぜん迫力がない。

「あたし、一日働いてきて疲れてるの。今日はお風呂当番パスね」

「お姉ちゃん！」

妹が再び怒鳴ったところに、携帯が鳴った。

「あら、ごめん、電話やわ」

ポケットから携帯を出しながら、これ幸いと階段を上る。表示されているのは、見慣れない番号だった。心当たりは、もちろん、あった。

「……おっす」

「……ワクワクすっぞ」

気乗りしない合い言葉を掛けあって、私たちはちょっと黙る。

「ミズキ、私に電話番号教えないで、どうやって連絡してくるか試すつもりだったでしょう」

「なもなも、ほんとに忘れただけ。結乃は邪推しすぎ。それより、どう。あれからどうしてた？」

あれから、ミズキを見送ってからは、馬場さんが帰って、顧客カードを持たないマダムが来て、あと、二階のＣＤショップの店員さんが店員割引でファンデーションを買いに来たっけ。お客さんはそれだけ。花村さんの視線を避けて、さっさと帰ってきて、お母さんの用意してくれた夕飯を食べて、今、シャワーを浴びようとして妹に先を越されたところだ。

「いろいろあったような、なかったような」

「だよね」

だよね、なんて他人事みたいに言ってるこの子に再会したことが、今日の最大の事件だったことは間違いない。朝、ミーティングでもうちょっと売り上げを意識せよと注意されたことさえ圏外になるほど、この再会の衝撃は胸をぶるんぶるん揺さぶった。

「あれから、あたしは小学校出て中学校出て高校出て短大出て、今、ジムの仕事してる。ぜーんぶ、地元。だから今も親元だよ」

あれからというのは、私たちが別れたあの時点からを指していたらしい。この十三年を指して、どうしてた？　とは、また大雑把な話である。

「あれから、あたしも小学校出て中学校出て高校出て大学出て、今、化粧品カウンターでビューティーパートナーの仕事してる」

「うん」

 それは、話すほどの人生だろうか。誰かと入れ替わっても特に困ることのなさそうな、平凡な人生。ただ、父が出て行ったり、そのせいで引っ越しを余儀なくされたり、した。でもそのおかげで、転校した先の学校でとてもいい担任の先生に会えたり、仲良しの友達ができたり、好きな男の子ができたり、した。

「平凡な人生」

 口に出してみた。平凡な人生について、ミズキはどう思うだろう。

「でも、いいの。ちょっとずつやっていくんだ」

 ミズキがどう思うかはわからない。ただ私は自分で自分を励ましたくて言ったのかもしれない。

「何を?」

「ひとをきれいにする仕事」

「ああ、いいね」

 ミズキは言った。

「そういう平凡な人生」

 どうして自分で自分の人生を平凡だと言うのは平気なのに、ひとから言われるとむっとしてしまうんだろう。

「ミズキは平凡じゃなさそうだね」

そのメイク。――もちろん口には出さなかった。あのメイクで平凡な人生を送れるわけがない。むしろ私は平凡な人生を送りたくないのだという意思表示のように読める。

「平凡と言えば、平凡かもしれない」

ミズキは少し迷うような口ぶりになった。

「誰もが願うような、平凡な望みを持ってる。ただあたしはそれがちょっと強いだけ」

「へえ、どんな。まさか、早くお嫁さんになりたいとかじゃないよね」

うん、と答えたきり、ミズキはまた少し黙った。それから急にはしゃぐみたいに、そういえば、と言う。

「カウンターに結乃を見つけたときは、ひってもんにうれしかったざ。また結乃と遊べるんや、いろいろおもしろいことできるんやなあって」

ほんとうにうれしそうな声だった。

意識しているのかどうか定かではないが、ミズキは方言と標準語を使い分けている。今のミズキにとって、どちらを使うのが自然なんだろう。できれば私にくらい鉄仮面を外して、小学生だった頃の全開の方言で話してほしい。

しかし、私の気持ちを知ってか知らずか、彼女は言葉遣いをあらためた。

「結乃、あたしの望みを叶えるために、手伝ってくれないかな」

きれいな標準語だった。ふと、電話の向こうのミズキはまだあのお化粧を落としてはいないのだろうなと思った。小さな落胆に気づかれたくなくて、咳払いをひとつした。

「何なの？　ミズキの平凡な望みって」

さっき、平凡な人生だと言われたお礼に、きっちりと「平凡」をつけて返す。

「ああ、うん。世界征服」

一瞬、何を言っているのかわからなかった。

「世界……征服？」

「そう。あたしは世界征服を企んでいる。結乃にも、ぜひ、手伝ってほしいの。お願いだから」

電話を切ってからもしばらくベッドにもたれてぼうっとすわっていた。

相当不機嫌な顔をしていたと思う。美容部員のハッピーメイクが形無しだ。両頬も唇も顎も重力に引っ張られてだらんと下がっているに違いない。

世界征服って、何。何を考えているのか、ミズキ。

怒るのもばかばかしい。だけど現に私は怒っていた。何を言い出すかと思えば世界征服を企んでいるだなんて、どこから突っ込んでいいのか見当もつかない。いったい何の冗談のつもりなんだろう。私たちはもうあの頃の小学三年生ではないのだ。

手伝ってほしい、と言ったときのミズキの声。そこに私の聴覚をざわりと逆撫でしたものがあった。お願いだから、と彼女は言ったのだった。ほんとうはその台詞に、その声に、私は腹を立てているのだと思う。仮にも世界征服を企んでいるというのに、お願いだからはないだろう。昔から、あんなにも強気で不敵だったくせに、鉄仮面の下から心細げな顔を覗かせるなんて。そんなの反則じゃないか。

「世界征服を望んでるくせに。私の牛乳プリン、食べちゃったくせに」

強気を通せ。傲岸《ごうがん》で行け。

――お願いだから。

耳の底に残るミズキの声を、首を振って追い払う。

「お姉ちゃんお風呂当番サボったから、罰としてトイレ掃除一回プラスねー」

階段の下からは珠美の大声が響いてきた。

＊

それで、昨日はあれからどうなったの。

出勤すれば馬場さんに聞かれるだろう。気が重かった。馬場さんのせいではない。誰だって聞きたいに決まっている。鉄仮面といったい何を話したのか。なぜ私を選んで話しかけてきたのか。そもそも鉄仮面とは誰なのか。気になって当然だ。

繰り出される質問にどう答えようかと考えるだけでこんなに足が重くなるのは、ミズキの野望が頭から離れないせいだ。――世界征服。彼女は世界征服を企てていると言った。それが平凡な願いだと。

「世界征服を望んでるんですって」

更衣室で制服に着替えながら、馬場さんに説明する様子を想像し、はは、と乾いた声を立てる。ばかばかしい。

できることなら、笑って済ませてしまいたかった。でも、胸の内側にオナモミの実みたいなギザギザがくっついて取れない。ああ、小学校一年生の頃、ミズキと下校途中に道草をして、オナモミの実をたくさん取って投げ合ったなあ。ぽいぽい投げて、きゃあきゃあ笑って、最後にじゃあねと別れる前に、お互いの服にくっついたぶんを全部取り合ったつもりだった。でも、取り切れてなくて、家に帰って忘れた頃にちくりと痛い。そんな感じだ。今、私の胸でちくちく痛いオナモミは、どうしても取り切れなかった疑問から生じている。

――ミズキは少しヘンなのではないか？

そうでなければ、二十二だか三だかにもなって真剣に世界征服を企むだろうか。能面のように作り込んだ、あれほど濃いメイクで堂々と歩けるだろうか。

ちくちくちくちく胸を痛ませながら更衣室を出たところで、花村さんと鉢合わせした。

「あ」

「おはようございます」

にっこりとお辞儀をしてそそくさと通り過ぎようとしたとき、

「待って」

小声で引き留められた。しまった、と思う。面倒なひとにつかまってしまった。

「昨日、見たのよ、あの彼女と小宮山さんが話してるところ」

花村さんは単刀直入だった。睫をぱっちりと開かせたかたちでマスカラをつける術はさすがだ。こんな可愛らしい瞳をしているのに、ひとの噂話ばかり好むようなのはどうしてだろう。

「小宮山さんとはどういう関係なの？」

「か、関係って」

どう答えればいいのかわからない。幼なじみで、よく一緒に遊んでいた。でもそれからの十何年、会っていなかった。彼女は今、あんなふうになっていて。私は彼女の真意を計りかねていて。さらに、彼女は少しヘンかもしれないと疑っていて。

「ねえ、あの彼女、真城ミズキってひとでしょう」

「えっ」

驚いて花村さんの顔を見る。

「あたしミズキとずっと一緒だったのよ、小学校も、中学校も」

ということは、花村さんは私とも何年間か一緒だったのだろうか。

「でも、ミズキったら、私には目もくれなかったの。私のことなんか眼中にないのね。失礼しちゃう」

こういうひと、いる。みんなが自分に注目して当然だと思っていて、自分が気にかけているのに相手が反応を示さないと必要以上に腹を立てるひと。

ところが、花村さんは意外にも素直な声になった。

「さびしかった。あたし、ミズキのこと好きだったんだ。仲よくしてたつもりだった。高校で分かれちゃったけどね」

そう言ってちょっと微笑んでみせた花村さんの表情に幼い日の面影を探す。駄目だ、わからない。やっぱり思い出せない。

「ミズキがどうしてあんな能面みたいな濃いメイクをしてるのか、いつか話してくれないかと思って待ってた。けど、ミズキは小宮山さんを選んだんだよね。小中学校の同級生だったあたしじゃなく、面識もなかった小宮山さんを」

「あ、ええと、私――」

言い淀んだ。私も同じ小学校の同級生だったと言ったら、花村さんはかえって気を悪くするんじゃないか。

「ミズキに伝えて。ミズキが何か悩んでいるなら、あたし、いつでも手を貸すからって」

悩んでいるように、見えるだろうか。そうだろうな、という気はする。ミズキが鉄壁のメイクで悩みから程遠い顔をつくったつもりでも、どこかに綻びがある。何かにぶち当たっているような印象を持ってしまうのは私だけではなかったらしい。

しかし、私はミズキとの関係を聞かれて躊躇《ちゅうちょ》した。幼なじみだと言えばそれでよかったのに、保身を優先してしまった。ミズキがヘンだからだ。ヘンなミズキと親しい間柄だと思われることを、そしてそれを言いふらされることを警戒した。それに比べて、このひとは潔い。迷いがない。仲よくしていたつもりだったのに声を掛けてくれなくてさびしかった、と率直な言葉で語った。

「花村さんが直接言ってあげたらいいんじゃないかな。きっと彼女もそのほうが――」

よろこぶよ、と言おうとして口を閉じた。花村さんの大きな目が不意に険しくなったからだ。

「ねえ、小宮山さんて、馬場さんにもそんな口調なの？　先輩に向かっていきなりタメ口はないんじゃない？」

「あ」

いや、小学校の同級生だから、と喉元まで出かかったけれど、職場では先輩であることに間違いはない。だいたい、このひとは私が同級生だったことに気づいていないのだ。

「ここは職場なんだから、きちんとしなきゃ。でしょう？」

「すみませんでした」

謝りながら、もうもうと違和感が膨らむ。なんだろう、このひと。あくまでも職場の新入りに対して優位に立って話していたいらしい。じゃあ、今の話もどこまで本音で話していたんだろう。

のろのろと廊下を歩きながら、ますます気が滅入ってくる。結局、花村さんは興味本位だったんだろうか。それとも、途中までは本心だったのか。わからない。読めない。そもそも私が読むべきは、私自身の気持ちだ。私はミズキをどう思っているのか。手伝ってほしいと言われた世界征服にこれからどう対峙するつもりなのか。

従業員用階段をぺたんぺたんと下りる。一段下りるたびに、にこ。もう一段下りて、にこ。少しずつ笑顔をつくる。一階に着いたときには完璧な笑顔ができているように。フロアに出る前に一度深呼吸をした。吸って、吐いて。よし、行ける。

「おはようございます」

元気な小声で挨拶をして、振り向いた馬場さんのいつもと変わりのない微笑みにほっとする。

「おはようございます。……どうしたの、元気ないわね」

笑顔を崩さず馬場さんが言った。

「いえ、元気いっぱいです、いっぱいであります、いっぱいでごじゃいます」

慣れない敬語を強化しようとして、噛んだ。

「あらやだ、この子、なんだかヘン」

馬場さんは一瞬真顔になったけれど、また笑顔に戻って、

「楽しみにしてたのよね、昨日の話」

そう言うと、ひやかしのお客さんに、いらっしゃいませ、とあかるい声を掛けた。

昨日の、というのは当然ミズキの話だろう。

「そういえば昨日、ピンクのカードを持っていないお客さんが来ました」

それとなく、話を逸らしてみる。

「そりゃ、うちのカードを持っていないお客さんはたくさんいるでしょ」

「いえ、でも、うちのユーザーなのは確かなんです。リピートして使ってる感じでした。新製品の情報も持ってたし……あっ」

大きな声を出してしまった。

「もしかして、あのひと、覆面ですか」

「は？」

「お客さんのふりして、実は本社からまわされたスパイっていうか、接客のようす

を調べたりしてるひとなんじゃないですか。……あっ」

「なによ、ちょっと落ち着きなさいよ」

「もしかして、私、否だったんですか？　そのスパイが調査した結果、私は否だと判定されたんじゃないですか……あっ」

馬場さんはさすがにちょっと眉根を寄せた。

「あっ、あっ、て小宮山さんね、焦りすぎよ。だいじょうぶだから、落ち着いて」

青ざめる私を、馬場さんがあきれたように眺めている。

「どんだけ弱気なのよ、あなた。だいたい、ヒってなに」

「合否の否です。ビ、ビ、ビューティーパートナーとしての合否です、そして私は否だったんじゃないでしょうかっ」

「否ね」

「つまり、失格ってことです！」

「ああ、なるほど」

馬場さんはうなずいた。

「小宮山さん、昨日の彼女にすっかりあてられてるのね。エネルギー吸い取られてる。それで思考がマイナスにばっかり向かうのよ。ほら、とりあえず、お化粧直してきなさいよ。いちばん好きな色選んで」

口紅のサンプルがずらっと並んだパレットを取り出して、私の前に置いてくれた。

「ね、やっぱり今度の新色、いい感じよね」

新色を見る気分ではなかったけれど、とりあえず、はい、とうなずく。馬場さんが気遣ってくれている。

「ほら、このオレンジシャーベット、試してみたら？　小宮山さんに似合うと思うよ」

オレンジ系はあまり使ったことがない。私の顔はつらつとした印象ではないから、口紅だけが浮いてしまいそうだ。それなのに、馬場さんに耳もとで似合うなんて囁かれて、つい、気持ちが動いていた。

「いいから、つけておいで」

「じゃあ、すみません、ちょっとだけ行ってきます」

パレットと携帯用ブラシを持ち、そそくさと従業員用化粧室へ急いだ。

夏に気持ちのよさそうなオレンジシャーベット。ブラシに取って、唇に載せると、口元がぱっと初夏の色になった。上唇と下唇を重ね、色を馴染ませる。口角を引いてみる。上げてみる。うん、案外いいかもしれない。

化粧室から戻るとき、雑貨売り場に立つ花村さんの背中が目に入った。彼女のことを気にしている場合ではない。私は元気にカウンターに立って、お客さんを迎えるのだ。

「おかえり」

小さな声で迎えてくれた馬場さんに頭を下げる。試したことのない色だったけれど、つけてみたくなりました。つけてみたら、買いたくなりました。馬場さん、やっぱりあなたは凄腕です。

「さっきの話だけど」

お客さんが来ないのを見計らって、馬場さんが話しかけてくる。

「カードをつくらないひと、けっこういるのよ」

「そうなんですか。特典あるのに、どうしてでしょう」

「まあ、いろいろと事情のあるひともいるでしょうけど、大概は、ここで化粧品を買うことに抵抗があるひとね」

どういうことかと聞く前に、ふっと答が見えてしまった。

赤や白のカウンターみたいだったらいいのに、と私自身が思っていた。第一志望だった化粧品会社のカウンターを羨ましく眺めたりもした。そして、このショッピングモール。どうしてデパートの化粧品フロアに配属されなかったのかと嘆いていたではないか。

お客さんの気持ちも、同じなのかもしれない。高級化粧品を使いたいけれど手が届かなくて、似たようなラインナップが手頃に揃ううちの商品で代用する。カードをつくるということは、その店の顧客であることを認めるわけだから、プライドがゆるさない。だからカードは決してつくらない。

「そういえば、昨日のマダム、ちょっと寄っただけだから、って繰り返してました」

「でしょう。いるのよ、そういうひと」

いるのよ、と馬場さんは言った。それだけだった。批難したり、それについて感想を言ったりすることもない。でも、気持ちは伝わってきた。あきれているのではない。あきらめているのでもない。そういうひともいるけれど、私たちはそうではない。私たちはここの化粧品を信じている。いちばん気に入った色をつけることで湧く力を、そしてこのカウンターにそれがちゃんと用意されていることも、私たちは知っている。

「このオレンジシャーベット、すごくいいですよね」

「うん、似合ってる」

「シャーベットの甘さがあるのに、爽やかでもあって、ミントみたいなラメのクールさが引き締めてくれる気がします。グロスが入って少し白っぽいのは夏の陽射しのイメージですよね。この新色、ぜったいイケます」

くく、と馬場さんが笑った。

「言うじゃない。ばんばん売ってよ、頼んだわよ」

カードもつくってもらえないカウンターに勤めていることに、ついさっきまでなら気落ちしていたかもしれない。でも、今はちょっと違う。なんだか新たな勇気が私に加わったような気がした。オレンジシャーベットのパワー、だけでもないだろう。毎日カウンターに立って、いろんなひとを見て、好きな化粧品を売っていくうちに蓄えられたものが、この口紅一本で引き出された感じだ。

「馬場さん、ありがとうございます」

それもこれも馬場さんのおかげだ。このひとが支えてくれているから、こうして立っていられる。

「さ、元気出たら、昨日のあの彼女の話、聞かせてもらうからね」

相変わらずにっこりと微笑みをつくったまま馬場さんが言う。

「お話しするほどのことでもないんですが」

この頃ようやく板についてきたと言われるスマイルを浮かべて私は話し始めた。

カウンターの中でだけ通るくらいの小さな声で。

「彼女、幼なじみだったんです。あんまり変わってたから気がつかなくて」

「そうだったんだ」

馬場さんも微笑を浮かべたままの返事だ。

「いろんな友達がいるのって、いいよね」

はい、とうなずいた。いろんな友達。そうか、いてもいいんだ。いいんだよね。

ミズキ。ごめん、ちょっと戸惑っただけだから。今日は堂々と迎えるから。

「あのう、それで」

そこからは少し迷った。このまま黙っているべきか、それとも話してしまってい
いのか。

「彼女、世界征服を企んでいて、私に手伝ってほしいんだそうです」

馬場さんが切れ長の目を見開いた。

「……世界征服？」

これ、これ。この反応だ。私が昨日ミズキに聞かされたときと同じ反応を、今、
馬場さんがしている。

「って、どういうこと？　どうやって？」

「さあ、詳しくは聞きませんでした」

「駄目じゃない」

馬場さんの顔から微笑が消えている。代わりに、瞳の奥で炎が揺れているのが見て取れた。

「ちゃんと計画を聞いて、あたしにも教えてちょうだい。ああ、ワクワクする」

「え」

ええ？　ワクワク、する？

「あたしも交ぜてね、その計画に」

馬場さんは目を爛々《らんらん》と輝かせて言った。

「あの、えっと、じゃあきっと今日も現れるでしょうから、相談してみます」

「やった」

指で弱々しいＯＫサインをつくりつつ、こっそり首を傾げる。平凡な願いだとミズキは言ったけれど、もちろん冗談だと思っていた。世界征服に興味を持つひとも、いるんだ。

時計の針が進んでいくのが憂鬱だった。特に、五時をまわるのが。いつも通りミズキはきっと現れる。大胆不敵なメイクでのっしのっしとやってきて、このカウンターで立ち止まるのだ。私は、自分の心を決めかねている。世界征服と聞いてひるんでいる。それが大それた望みだからではない。それがばかげた望みだからだ。

しかし、このひとが——と、にこやかに接客する凄腕の先輩のきれいな横顔を私は盗み見る。旦那さんと保育園に通う小さな女の子と三人で和やかに暮らしているとばかり思っていたこのひとも、世界征服を夢みることがあるのだろうか。

メロディ・フェアが流れ始める。じきにミズキは姿を見せるだろう。

Who is the girl with the crying face
Looking at millions of signs
She knows that life is a running race
Her face shouldn't show any lines
Melody fair won't you comb your hair
You can be beautiful too
Melody fair remember you're only a woman

音楽が終わっても、彼女は現れなかった。

何か、おかしな感じだった。毎日来ていたのに。いや、毎日ではなかったのかもしれない。毎日のように通るなあと思っていただけで、正確なところはわからない。それでも、安堵より肩すかしを食った感のほうが大きかった。

「もしもこの後で来たら、ぜひ仲間に入れてくれるよう、彼女に頼んでおいてね」

馬場さんはちょっと残念そうに帰っていった。

来てほしいのか、来なくてよかったのか、自分の気持ちがわからなかった。


晩ごはんは鰊《にしん》の煮付けと野菜の炊き合わせだった。地味なおかずを嚙みしめていたら、ふと、おかしくなった。世界征服。それはここでこうして静かにごはんを食べているところから最も遠いところに掛かっている薄っぺらい絵のようなものに思えた。

「世界征服を企むってどういう気持ちなのかな」

母はもう夕食は済ませていたらしく、食卓の向かいにすわってお茶を飲んでいた

が、

「世界征服ねえ……。まあそれはショッカーにでも聞いてみんと」

のんびりと答えた。

「誰、ショッカーって」

「いややわ」

湯呑みを持ったまま大げさに驚いた仕種をし、

「近頃の子はショッカーも知らんのか」

首を振ってみせた。

「漫画の世界の話みたいなもんだよね」

なんとか話を合わせようとすると、

「ショッカーは漫画だけでないざ。なんといっても実写や、実写」

と断った上で、母は続けた。

「世界征服とか言ってるもんは、自分の足下が見えてえん。ほんとに大事にせなあかんもんが見えてえんてことや」

うん、うん、と相槌を打つ。私が素直に同意したのを見て、気をよくしたらしい。

「征服しよなんて思うてるであかんの。世界とは手をつながな」

なるほどねえ、と聞いていたら、母は、せーかいーはひーとつ、と歌い出した。

まあ、ひとつじゃないんだろうな、世界って。ミズキの目指している世界は、きっと私の住んでいるこの世界とは違う。

玄関の戸が開く音がしたかと思うと、ただいまあ、と声がして珠美が帰ってきた。

「おかえり」

暖簾をくぐって食卓を眺めた珠美は、お腹空いたあ、と続けた。

「夕飯いらんて言うてたで、もう、なあもないざ」

母が立ち上がる。

「鯵《あじ》かなんかの干物でいいか？」

「お茶漬けでいいや」

あんたはオヤジか。お茶漬けでいいなら自分でつくれよ。そう思ったけれど、自分もつくってもらってる手前、何も言えない。

「ほうや、珠美、あんたも知らんの、ショッカー」

鯖のへしこを炙《あぶ》るつもりらしく、コンロに焼き網を載せた母が振り返る。

「何の話」

「世界征服の話」

「はあ？」

珠美は私のほうへ訝《いぶか》しそうな顔を向ける。

「どう思うかって」

「何を」

「だから、世界征服」

「やめてま。お姉ちゃんもほんなこと考えてるの。お姉ちゃんにいったい何ができるの。無理無理、あきらめなよ」

思わず目を瞬《しばた》かせた。

「お姉ちゃんも？　ってことは、ほかにも誰かいるの？」

確認すると、珠美はうんざりした顔で小さくため息をついた。

「同じゼミの子で、数学で世界征服を企んでる子がいるよ」

「数学で、どうやって」

「数学でっていうか、数学の世界征服」

珠美のいる世界と私の世界もやっぱり違う。世界そのものの認識が違うのだから、征服のしかたもそれぞれだ。

「男の子は威勢がいいのう。数学で世界の頂点を目指すか。剛気なもんや」

「お母さん、違う。世界征服を目指してるのは、女の子だから。私と同期の。南さん、ほら、覚えてない？　一年のとき、遊びに来て泊まっていったことあるじゃない」

「ああ、あのかわいらしい子」

「なも、南さんはかわいらしくはないよ、それ三上さんと間違えてえん？」

「ほうやったっけ」

ふたりの会話に強引に割り込んだ。

「お母さん、ミズキ覚えてる？　引っ越す前の小学校で一緒だった真城ミズキ」

「覚えてるわ、あたりまえやろ。かわいらしかったなあ、あの子」

珠美が肩をすくめた。

「お母さんにかかったら、誰でもかわいらしいんだね。ミズちゃんはかわいいっていうより、おてんばでやんちゃなタイプやったと思うけど」

「そうだよねえ」

だから世界征服なんて言い出したのだ。そう思ってから、不意にある疑問が湧いてきた。

「……珠美、ミズキのこと、知ってるの？」

珠美は、どうしてそんなことをあらためて聞くのかという顔でうなずいた。

「知ってるに決まってるじゃない。昔、毎日のように遊んでたよね。お姉ちゃんのいちばん仲がよかった友達やろ。うちにもよく来てて、あたしも一緒に遊んでたじゃない」

「それ、覚えてるんだ」

当然だとばかりに珠美はうなずいた。でも、私がミズキと遊んでいたのは小学三年生までだ。その頃、珠美はまだ幼稚園児だったはずだ。

「ミズキちゃんがどうかしたんか」

お茶碗にごはんをよそいながら母が聞く。

「会ったんだ、職場で」

「あら、ミズキちゃんも化粧品会社？」

「ううん、お客さんとして」

「ほうか、大きくなったんやのう。あの子が化粧なんかするところ、想像つかんなあ」

想像がつかないどころか、ひとの分まで化粧しているぐらいだ。ある意味、想像がつかないというのも間違っていない。

「ミズキも企んでるらしいんだよね、世界征服」

私の話は珠美の大声にかき消された。

「あーっ、お母さん、へしこ！　焦げてる！」

椅子をがたんと鳴らして立ち上がり、コンロの火を消すために走る珠美は、どうやら私よりよほど記憶力がいいらしい。引っ越す前のことを覚えているというのなら、幼くて何も覚えていないだろうと、この妹はそれだけでもしあわせだったのだと思っていた私の楽観は見当違いだったことになる。

珠美、覚えているんだね。お父さんのことも、あの息が詰まるような日々のことも。

母と自分とで無言のうちに共謀して封印してきたはずの遠い過去が、小さかった妹の胸にものしかかっていたのかと思うと、いたたまれないような気持ちになる。

「あんた、がんばったんだね」

声を掛けると、珠美は鼻を鳴らした。

「あーあ、すっかり焦げてもた」

「イー」

母が奇妙な声を上げた。

「どうしたの、お母さん」

「ん、ショッカーの真似。世界征服の前には、へしこの焦げなんか取るに足らんことや、イー」

携帯が、鳴っている。

Who is the girl with the crying face
Looking at millions of signs

設定したばかりの、ミズキのテーマ曲だった。

食卓の椅子にすわったままピンクの携帯の通話ボタンを押すと、ミズキの声が飛び込んできた。

「おっす」

「……ワクワクすっぞ」

合い言葉だから返すだけで、ほんとはもちろんワクワクなんかしていない。

「ごめん、今、晩ごはん中だから」

あとで、と言いかけると母が横から手を伸ばしてきた。

「ミズキちゃんやろ?」

うなずくやいなや、

「代わって」

私の手から携帯を取り上げた。

「もしもし、ミズキちゃん? おばちゃん覚えてるか?」

ミズキの声が小さく聞こえてくる。何を言っているかはわからない。

「いややわ、ほんと、何年ぶりやろ。……え? うっそお、いややあミズキちゃん、うん、うん……あらあ、ほうかあ、うん、ううん、あははは ぁ」

脇から突いても携帯を返してくれないのであきらめてごはんを食べることにする。

炊き合わせのいんげんを頰張った途端、

「ほんでどうやの、世界征服のほうは。今どんな塩梅?」

にこやかに母が言い、思わずむせそうになった。さっきの話、ちゃんと聞こえていたのか。それにしても、こんなふうに世界征服を世間話にできるとは、母おそるべし。

「ちょっと、お母さん、貸して」

差し出した手を振り払って母は話を続けた。

「……なもなも、いいんでない？　うんうん、思うようにやったらいいと思うざ。うん。ほな、今、結乃ごはん食べてるで、あとからまたじっくり作戦練ったらいいわ。うん。あ？　なあも、野菜の炊いたのやら、うん、鰊で出汁とって。ほうか、ほんな食べにきねの、いつでも」

　いつまでも喋り続けそうな母を、大きく手を振って制す。あんまり和やかに話されると、次に私が電話したときにどんな口調で話していいかわからなくなってしまう。

　塩梅を尋ねるとか、一緒に作戦を練るとか、そんなふうに前向きに協力するつもりは私にはない。ただとにかくミズキの真意を問い質《ただ》したかった。ミズキの言う世界征服とはどういうものなのか。世界を征服してどうするつもりなのか、その先の何を目指すのか。そして、どうしてそんなことを考えるようになったのか。いったいミズキに何が起きて、今どんな気持ちでいるのか。ミズキのために私にできることがあるのか。

　どこから問えばいいのか考えながら茄子を嚙むと、中からじゅわっと熱い汁が出てきた。

「あぢっ」

向かいの席から珠美がふふんと鼻で笑う。

聞こえよがしにため息をついたのは母だ。ミズキとの通話を終えた携帯を私に戻しながらだ。

「あーあ、私かて、あんたらを産んだときは世界を征服したような気持ちになったもんやけどなあ」

けどなあ、の後に何が続くのかは聞きたくない。

子どもを産んだくらいで世界を征服した気になれるなんて母はおめでたいと思う。そのおめでたさが、しかしちょっとうらやましい。戦争やテロを起こして武力で征服するとか、富と権力で征服するとか、私の頭に浮かんだのは物騒なやり方ばかりだった。だから違和感があったのだ。世界征服が、子どもを産むだけで完遂できるものだったとは。ほんとうにそうなら、手を伸ばせば届く範囲ではないか。遠すぎて道筋も見えなかった場所へ一気にワープできる感じがある。子どもを産むどころか、その相手さえ今のところ影も見えないという点は、この際棚上げしておこう。

「ともかくあんた、ごはん食べてるときぐらい携帯置きなさいま。基本のキやわ」

「はーい」

ごめんね、お母さん。出来の悪い娘だね。せっかく世界を征服したのにね。その錯覚をどれくらい感じ続けることができたんだろう。

ああ、いけない。悪い癖がでろりと顔を出そうとしている。私がもっといい子だったら。もっと愛されるに値する子どもだったら。そうしたらお母さんとお父さんはもっと仲のよい夫婦でいられたんじゃないか。——勝手な思い込みであることをわかっていて、それでも止められなかった嫌な想像と後悔と懺悔《ざんげ》とを久しぶりに思い出してしまった。こんな罪悪感、何の意味もない。わかっていても止められない。

「お姉ちゃん」

諭すような珠美の声が飛んでくる。

「つまらんことぐじぐじ考えててもしかたないんやでの」

そうだけど。それはそうだけど。

「珠美、どうして私の考えてることがわかるの」

うん？　と顔を上げた妹は、箸を持ったままの右手で私のお茶碗を指した。

「まだ二杯目」

「だから？」

「いつもとっくに三杯食べてるはずのひとが二杯目の途中、ってことは帰り道に何かつまみ食いしてきたか、つまらんことを悩んでるか、まあ、そんなとこやろ」

そうしてへしこでさらさらとお茶漬けを食べ終えると、ごちそうさまでしたあ、と席を立った。

食器を流しに置き、キッチンを出ていきながら、

「明日、ゼミの発表なんだ。悪いけど、お皿洗い、お姉ちゃんに任せたわ」

「あっ、珠美、ずるいっ」

背中に叫ぶと、振り向きもせずに言い放った。

「お姉ちゃんは世界征服について考える柄じゃないから。そういう壮大なことより、目の前の小さなことをひとつずつ、手を動かして片づけていくタイプ」

なるほど、そうかもしれない。さすがはわが妹、私のことをよく見ている。

「というわけで、お茶碗洗ったりするのは今のお姉ちゃんにぴったりなのだー」

任せたわー、と階段を上りながら笑う声が聞こえてきた。

いつも二杯だよ。三杯も食べないよ。ごはんを食べ終えて、ふたりぶんの食器を洗って片づけた頃には、気持ちも落ち着いていた。

「お母さん、お茶淹れようか」

声を掛けると母は首を振った。

「それより、ミズキちゃんに電話してあげたほうがいいんでないの」

たしかに、そうだ。世界征服について、問い質すのではなく、ゆっくりと話をしてみよう。

自分の部屋に入った直後に携帯からメロディ・フェアが流れてきたときは、もう動揺しなかった。

おっす、ワクワクすっぞ、と言葉を掛け合うとすぐに、

「なんでもできる、っていつまで思ってた？」

ミズキはわだかまりのない声で言った。私はベッドに凭《もた》れ、質問の意味を考えてみる。なんでもできるって、誰が？

「あたしたちはなんでもできる、って思ってたよね。結乃とふたりでいたあの頃は楽しかったなあ」

「え」

のっけから、これだ。私たちの記憶にはズレがあるみたいだ。え、に続く言葉を探していると、ミズキはもどかしそうに早口で繰り返した。

「なんでもできる、っていつまで信じていられた？」

一度でも信じられたらよかった。なんでもできるなんて、私は一度も思ったことがない。

「なんでもできるって言ったって、空を飛べるとか、スプーンを曲げられるとか、ひとを思い通りにできるとか、そういうことじゃなくて」

「うん」

だけど、私はほんとうにそんなふうに感じたことはなかったのだ。ずっと不自由で狭いところに暮らしていると思っていた。なんにもできない自分に泣いた夜さえあった。

「結乃、忘れちゃったの？　なんでもできる、って力が漲《みなぎ》る感じ、あったでしょう？　あったんだよ。だってあたしは覚えてる」

それでも答えられなかった。ミズキの口調が変わった。

「おっす、オラ結乃。ワクワクすっぞ。……ぜったいワクワクしてたんだって。忘れちゃってるだけなんだって」

「そうかなあ」

「そうだよ」

家では暗い気持ちでいたはずなのに、学校でミズキといるときだけはワクワクしていたというのだろうか。そんなことがあるだろうか。

「あたしね、小学校を卒業するときの文集に、将来は、女優か保母か医者かケーキ屋さんになりたいって書いたんだ」

「……ブレすぎだよ」

「なんでもできると思ってたんだよ、本気で。小学校の間は勉強もできたし、運動もできたし、友達もいっぱいいた。それが」

　続きは聞かなくても想像がついた。いろんなものがだんだん目減りしていくのはよくあることだろう。それは普通のことではないかと言おうとして、ふと、目の前にミズキの顔が浮かんでしまった。現在の、あの鉄仮面ではなく、幼くて元気いっぱいだったミズキの笑顔だ。

　小学校を卒業し、思春期を迎え、全能感が消え、自分を客観視できるようになるのはむしろ健全なことだと思う。いつまでも自分はなんでもできるはずだと思っているよりよほどいいし、少なくとも、はじめから何もないと思っているよりマシだ。

　しかし、それがどれほど当然のことだったとしても、きっとミズキは戸惑ってしまったのだ。そして今も戸惑ったままなのだろう。女優にも保母にも医者にもケーキ屋にもなれなかった。

「結局、今、ジムの仕事をしてるんだ」

「うん」

「少しでも強くなりたいと思って」

「うん？」

「力をつけて、なんでもできるようになりたいんだ。精神的にも、肉体的にも、力がほしい。それで、ジム」

勝手に「事務」と漢字変換していたけれど、どうやらスポーツジムかどこかで働いているらしい。

「ほら、モールの隣にあるじゃない。あたし、あそこで働いてるの」

そんなに近くで働いていたなんて。奇遇だね、の「き」を言いかけるのとミズキが話を続けるのが同時だった。

「でもさ、敵《かな》わないんだよね、男には」

怒ったような口ぶりでミズキは話を戻した。

「仕事で敵わないってこと？」

「ううん、ボクシングで」

はあ？　と聞き返しそうになったのを飲み込む。ボクシングジムで働いているのか。

「男に敵わなきゃいけないの？　そもそも身体のつくりが違うんじゃないの」

「そこだよ。つくりが違うってんであたしたちは納得させられ屈服させられてきた」

屈服させられてきた覚えは、特にない。

「男とは対戦さえさせてもらえないんだ」

「対戦ってなに。男と対戦する必要があるの？　女とは対戦し終わったの？」

「女と闘い終えてからしか男とは闘えないの？　おかしくない？　女を倒し終えた先にいる新たな敵が男なの？」

「あ、わかった」

私は体育座りの膝をぺしゃんと叩いた。

「敵だとか、倒さなきゃいけないとか、その発想が変なんだよ」

すると、耳にあてた携帯の向こうが急に静まった。

「もしもし？　ミズキ、どうしたの？」

「……変って言った」

「へ？」

「今、結乃、あたしのこと変って言った」

鼻声になっている。

「変だって言ったのは闘うことで、ミズキのことを言ったわけじゃないよ」

慌てて弁解する。ミズキは変なんじゃないかと実は思ってもいるのだけど。

「闘うあたしは変なんでしょ」

そう言ったときにはもう啜《すす》り上げていた。

「ちょ、ちょっとミズキ、泣いてるの？」

「みんな、みんなあたひのこと変だって、おかしひって言うんら」

えぐっ、えぐっ、と聞こえてくる。

「そんなことで泣いてどうすんの！」

私は電話口で怒鳴った。

「世界征服を企んでるひとが泣いてる場合なの？　変でけっこう、変ウエルカーム、くらいの気持ちでいなさいよ！」

ぐへっ、と妙な声がした。泣きながら、笑っているらしかった。

「……やっぱり結乃だ。よかった、ぜんぜん変わってない。あの頃のまんまの強い結乃だ」

「何を言ってるのミズキは。こんな穏やかでおとなしい人間をつかまえて強いだなんて」

「またまた謙遜しちゃってぇ」

涙声ながら紛れもなくうれしそうだ。

「結乃、あんたとなら世界を征服できる。私の目に狂いはなかった」

思いっきり狂いっぱなしだよ。そう言いたかったけれど、黙っておいた。


翌朝、出勤すると既にお客さんが待っていた。早番の馬場さんがほっとしたように耳打ちする。

「どうしても小宮山さんじゃなきゃって。ずいぶんお待ちだったのよ」

見れば、少し離れたカウンターのスツールに見慣れた顔がある。しかし、見慣れた、というにはどこか引っかかる顔だ。

「おはようございます」

元気よく声を掛ける。大股でカウンターの中を横切りながらスツールに近づき、

「お待たせして申し訳ありませんでした。めずらしいですね、こんな時間に」

ひと続きに話しかけてからハッとした。

「どうかなさいましたか」

顔を覗き込まれてようやく浜崎さんは我に返ったらしい。

「ああ、あんたか。遅番やって言うで待たしてもらってたざ」

口調がどこか弱々しかった。

「……どういたしましょうか」

どういたしましょうかだなんて変なことを口走ったものだ。自分が何を売っているんだかわからなくなる。いつもと雰囲気の違う浜崎さんにどう接していいかわからなくて内心あたふたしているせいだろう。

「あかるい口紅がほしいんや」

「はい、かしこまりました」

即座に答えたものの、やはりおかしいと思う。あかるい口紅？　ここで化粧品を買ったこともなかったのに？　必要ならお嫁さんの化粧品を借りると笑っていたのに？　疑問符がくるくるまわっていたけれど、あかるめの口紅を何色か見繕ってトレイに載せる。

「いかがでしょうか」

ぼんやりしているようすの浜崎さんにトレイを差し出し、ディスポーザブルの紅筆を手渡す。

「よろしかったら、お好きなものをおつけになってみてください」

浜崎さんは無表情だった。順々にスティックをまわして口紅の色を確かめていき、自分ではつけぬまま一本の口紅を指した。ローズ系でほんの少し紫が入っている。大人のあかるさのある一本だ。

「これ、どう思う？」

「はい、あかるいながらも落ち着いた、いい色目だと思います。きっとお似合いになります」

うん、と浜崎さんはうなずいた。

「ほな、こっちは？」

次に指されたのは華やかな赤だった。

「こちらはお祝い事などのあるときにおつけになるとよく映える色です。お着物にも意外とよく合うようです」

うん、とまた彼女はうなずいた。そうして、さらに隣の一本を指した。

「ほな、これはどうやろ」

あかるい、という条件で選んでしまったけれど、浜崎さんにはちょっとフレッシュすぎる色だったかもしれない。ピンク、それもやわらかで混じりけのない桜のような色合いのピンクだった。

「はい、こちらはお若い印象になるかと思います。初々しく澄んだあかるい色ですが、お顔の色味と合わせるのに少し気を遣うかもしれません」

浜崎さんは今度はうんとは言わなかった。ただ黙ってその口紅を見ていた。浜崎さんがじっと口紅を見つめている間、私も息を詰めて浜崎さんを見ていた。彼女が何を考えているのかはわからなかったが、次に何を言うのかはわかるような気がした。

「これ、つけてみていいか？」

「もちろんです」

予感は当たっていた。やはり浜崎さんは三本目に指した桜色を手に取っている。真剣な目つきで筆に口紅を取り、鏡を覗きながら唇に載せた。

「……どうやろ」

鏡に向かったまま目だけを動かして私を見る。

「そうですね、かわいらしい色だと思います」

ほかに答えようがなかった。似合っているとは言いがたい。浜崎さんの少しくすんだ黄味の強い肌色に、淡いあかるさの口紅だけが浮いている。

「よろしかったら、こちらもおつけになってみませんか。きっとよくお似合いになると思うのですが」

落ち着いたほうの一本、さっき浜崎さん自らいちばん最初に指したローズ系を勧めてみる。浜崎さんはちらりと目を遣っただけで無言だった。

「もしかして」

思いついたことを口に出してみた。

「どなたかへのプレゼントでしょうか」

みずえさんへの、プレゼント。いつだったか私自身が勧めようとした覚えがある。もしかして、今日はそれを買いに来てくれたんだろうか。それなら、若々しいこの色もいいかもしれない。

しかし、浜崎さんはおもむろに首を振った。

「私がつけるの」

声は小さかったがはっきりしていた。

「あんたを頼りにしてるんや」

浜崎さんが桜色の口紅を握ったまま、鏡から顔を上げる。

「できるだけあかるい色がほしい」

明らかにようすがおかしかった。いつものもの、がははと笑う元気なひととはまるで別人だ。何かわけがあるんだろう。私が首を突っ込むことではないが、できるだけ力になりたかった。

あかるい色。胸の中で繰り返す。どんな色のことだろう、あかるいというのはどういうことだろう。

「浜崎さんがあかるく見える口紅がいいんですね」

尋ねると、彼女はうなずいた。

「あの、どこかで、どなたかに、あかるく見られたいのでしょうか」

口紅をつけた鏡の中の顔にほほえみかけたいだけなら自分のいちばん好きな一本を選べばいい。でも、誰かと会うのなら、その相手をなるべく具体的に想像してみるとイメージがわくだろう。

浜崎さんは桜色の口紅をつけた唇を結んだままだった。

誰かと会う、と答えるにも、勇気が要るのかもしれない。今、私は誰かと会うのが日常のことだから、簡単に聞いたり答えたりできるのかもしれなかった。

「出過ぎたことをお聞きしました」

下げた頭を起こしたとき、不意に浜崎さんは口を開いた。

「今夜が峠なんやって」

細い声だった。峠という単語が厳しさよりもさびしさをまとって耳に滑り込んできた。私は何も言えずに続きを待った。

「信じられんなあ。今夜が峠。今夜が峠やって、あのひと」

浜崎さんは気の抜けたような声で小さく笑った。

「初恋のひとやったの。――笑ってまうやろ、こんなおばちゃんが初恋やなんて、あははは」

あははと笑う彼女の目から涙の粒が転がり落ちる。

「さっき病院で先生に言われたとこ。ほしたらなんや普通にしていられんようになってもて、気がついたらここへ口紅買いに来てた」

それで、初々しい、若い、あかるい、初恋の頃を彷彿《ほうふつ》とさせる一本を選びたかったのか。やっぱり、私は未熟者だ。そんなときに口紅を買いに来てくれるなんて、それなのに期待に応えることができないなんて。

「会えるのも今日が最後になるんなら、あかるい顔で笑って見送りたいなあと思うて買いに来たんやけど――」

あかるいだけの色では、今の浜崎さんには似合わなくなってしまっている。今の浜崎さんに似合う色こそ顔をほんとうにあかるく見せるのだと思う。

「選びましょう。いちばん似合う色」

コットンにリムーバーを含ませて、そっと浜崎さんの唇を拭う。

「ほかの色も、ぜひつけてみてください。つければきっとわかります、どれがいちばん浜崎さんに似合うか、浜崎さんのお顔をいちばんあかるく見せるか」

浜崎さんはうなずいて、順番に口紅を試し始めた。真剣に鏡を覗く浜崎さんをカウンターのこちら側から見つめているうちに、何か不思議なものが見えてきた気がして私は目をこすった。

夕方になると現れてスツールにすわり込んで喋り倒していく浜崎さん。そのくせこれまでに私から買ってくれたのはフェイス用剃刀一パックだけの浜崎さん。からあげを買ってきてくれた浜崎さん。みずえさんの悪口を言う浜崎さん。でもときどきはみずえさんの肩を持つ浜崎さん。——堂々とした体軀を縁取る輪郭がぼやけ、彼女の中から、その皮膚の内側に潜んでいた繊細な少女がふっと姿を現したように、見えた。初恋のひと、と口にするだけで頬を染めた少女。それはほんの一瞬のことで、目をこすったらまたいつものどっぷりした浜崎さんが鏡を覗いていたのだけれど。

「どうやろ、これ」

意外にもベージュ系の一本だった。私には到底選べなかった。恥ずかしげに顔を上げた浜崎さんの口元はしっとりとあかるく彩られ、顔色まで輝かせている。

「それです！　それですよ」

思わず大声を上げたら、向かいのカウンターの美容部員まで驚いたようにこちらを振り返った。

「すごくお似合いだと思います」

小さな声で言い直す。浜崎さんが満足げにうなずいた。

「ほな、これ貰うわ」

「ありがとうございます」

ほんとうに、ありがとうございます。そんな大事なときにここで口紅を買ってくださって。私にそのお手伝いをさせてくださって。

「これから、病院に戻られるのですか」

口紅を包みながら聞くと、浜崎さんはきっぱりとした声で、

「これから、最後の大仕事や」

先ほどまでの虚ろな表情ではなかった。

「少しだけお顔をこちらに向けていただけますか」

急いでフェイスブラシに白いパウダーを取る。それをいったん手の甲で馴染ませ

てから、

「ちょっと失礼いたします」

こちらを向いている浜崎さんの目の下をさっと撫でる。反対側の目の下にもさっと。新たに取ったパウダーを、顎の下にも。それだけで顔の光度が上がる。どこにどう入ったのかわからない程度の白の一刷毛で、顔がぱっとあかるくなった。

「あら、どうしよ、十ほど若くなってもた。四十くらいに見えるんでない？」

とてもあかるくはいられないはずの浜崎さんがあかるい顔で笑ってみせる。こんなときでもしっかりとサバを読んでいると思うが、ここはうなずくしかない。

口紅の代金を受け取りながら、ふと、聞いてみたくなった。

「初恋のひとの消息をよくご存じでしたね」

すると、浜崎さんは目を瞬かせた。

「消息ってあんた、うちのおとうちゃんやわの」

「あ、ああ」

間抜けな返事をした私を見て、浜崎さんがにんまりと笑っている。

「フリンでもしてると思ったんか」

「いえ、あの、初恋のひとと結ばれたなんて、浜崎さんはおしあわせで――」

でしたね、と言いそうになって慌てて言い換えた。

「――おしあわせですね。無事に峠を越えられますよう、お祈りしています」

深く頭を下げると、

「ありがとの」

最後になるかもしれない病室に向かうとは思えない笑顔で、浜崎さんが手を振った。

ありがとうはこちらの台詞だ。人生の一大事にこのカウンターに立ち寄ってくださって、ほんとうにありがとうございました。

カウンターを離れた後ろ姿がフロアの向こうに消えるまで見送った。その姿はもうあの少女に取って代わられることはなかったけれど、少女の頃からずっと大切にしてきたものが、あのふくふくしたからだの中に根を張っているんだと思う。

ふと、我に返る。少女の頃から私が大切にしてきたものってなんだろう。わからない。そんなものはないような気もする。――だけど、そうだ、口紅が好きだった。口紅をつける瞬間が何よりも好きだった。

そして、今日。まだ胸が熱い。口紅一本がひとを支える。その確信が、身震いするほど私を興奮させている。

おっす、オラ結乃。ワクワクすっぞ！

＊

いらっしゃいませ、いらっしゃいませ、いらっしゃいませ。

まさか化粧品カウンターで物理の法則を学ぶとは思わなかった。熱量保存の法則。高校で習った記憶はおぼろげにあるものの、ずっと思い出しさえしなかった。思い出したところで、その法則をどう使っていいのかわからなかったと思う。

$E=mc^2$

Ｅがたしかエネルギー。ｍは何だったか。ｃはカロリーだっけ。なんか違う気がする。——まあ、いいか。詳しくはわからないけど、とにかくだ。

エネルギーは仕事に換えなきゃいけない。むやみに熱いままカウンターに立っても無駄みたいだ。

いらっしゃいませ、いらっしゃいませ、いらっしゃいませ。

お客さんは寄りつかない。暑苦しくてうっとうしいビューティーパートナーなんて、みんな嫌に決まっている。

口紅が好きだ、という気持ち。お客さんをよろこばせたい、という気持ち。いざというときにここを訪れてくれた浜崎さんのおかげで、はっきりと自分の気持ちをつかまえることができた。私の中にある大事な気持ちを確認できただけで、足場が確立された気がする。熱い気持ちは、エネルギーとして胸に秘めているほうがいいのだ。

なんだか、楽になった。エネルギーが蓄えられていれば、いろんなことが自然に出てくる。変な気負いがいらない。カウンターに立つときの気負いも緊張も、少し薄れたようだ。更衣室からフロアに出る前に深呼吸をして気持ちを落ち着けたり、逆に鼓舞したりする必要がなくなった。呼吸はいつも通り。験《げん》を担いで、カウンターに入るときは必ず右足からと決めていたのも、いつのまにかどうでもよくなっている。歩幅もいつも通り。いつも通りでいることでエネルギーを温存し、そのぶんお客さんに対して惜しみなく使うことができるんじゃないか。

「どうしたの」

少し離れたところでキャンペーン用ノベルティをチェックしていた馬場さんが囁いた。

「どうもしませんよ」

「してるわよ」

振り向くと、目が合った。

「気づいてないの？　今、小宮山さん笑ってた」

笑っていたのか。業務用のスマイルでなく。

「なんだか仕事が楽しくなってきた気がします」

私の告白に、馬場さんは両眉を上げてみせた。ひゅう、のかたちに口をすぼめる。

向こうから歩いてきたひとがカウンターの前を通り過ぎようとして、不意に向きを変えた。

「ここは楽しそうでいいですね」

そう馬場さんに声を掛けているのは花村さんだ。それから私のほうを向き、

「そちらの新人さんも、自信たっぷりみたいね」

と笑いかけてきた。

「花村さんこそ、相変わらず嫌な感じですね」

と返せたらどんなにすっきりするだろう。私はきゅっと口角を上げ、入荷して間もない新商品を持ち上げてみせた。

「いかがですか、新しい美容液。疲れたお肌にも効きますよ」

つーんと踵《きびす》を返して去っていった花村さんの後ろ姿が視界から消えないうちに、背後から声を掛けられた。

「ちょっと見せてちょうだる。どこが新しくなったの」

振り向くと、初老の女性が立っていた。今日初めて私に声を掛けてくれたお客さんだ。

「いらっしゃいませ！」

嬉々とした声は大きすぎて、私はやっぱりちょっとうっとうしいビューティーパートナーかもしれない。

「美白成分が濃くなって、これからの季節にぴったりです。保湿面でも強化されておりますので、朝も晩も安心してお使いいただけます。サンプルがありますので、よろしければお試しになりますか」

尋ねると、女性は即答した。

「いただこうかの」

三日分一包装のサンプルを三包取って渡そうとするのを遮られた。

「サンプルはいいで。美容液本体のほうだけで」

「ありがとうございます」

ショーケースの中から美容液の箱を取り出し、紙袋に入れる。

「ほかはよろしいですか」

女性はふっと微笑んだ。

「よろしかったですか、って言わんの」

よろしかったですか。意識していなかったけれど、よろしいですか、という言葉遣いはおかしいのだろうか。

「今はみんな、よろしかったですか、やろ。聞かれるたびにどこを過去形にされてるんかようわからんかったの。ほんでもなんとなく慣れてもたんやけど。よろしいですか、でよかったんや。なんや、すっきりさわやかやわ」

「ありがとうございます」

お礼とともに頭を下げる。ほめてもらえて、よかった。たまたま運がよかったのだと思う。私はそんなふうに意識して言葉を使っていたわけではなかった。よろしかったですか、が主流なら、若いひとに話すときはよろしかったですかのほうが違和感がないかもしれない。話す内容だけでなく、言葉の選び方にまで気をまわそうとするとなかなか大変だぞ。まだまだだ。お客さんによろこんでもらうためには、まだまだ学ばなければならないことがたくさんある。

美容液の入った紙袋を提げてモールを横切っていく女性の後ろ姿にもう一度頭を下げた。

結局、夕方までに売れたのは、その美容液一本と、お昼過ぎに来たカップルに化粧水を一本。それだけだ。

若いカップルは、化粧水をふたりで使うと言っていた。いいなあ、楽しそうだなあ、と思う。乳液もいかがですか、と勧めてみたけれど、男の子のほうに断られた。たしかに乳液まで使う男の子はそういないだろうけど、化粧水が蒸発しないように乳液でふたをするんだから使ったほうがいい。特に女の子は、その後にお化粧するんだから。でも、若いふたりの家計から化粧品代も出ているのかと思うと、なんとなくそれ以上は勧められなかった。あの女の子のためにも、もうひと押ししたほうがよかっただろうか。そうしたら、彼女は乳液を買いやすくなっただろうか。

悩んでもしかたがない。乳液が必要なら彼女自身がちゃんとそう言うだろう。がんばれ、彼女。――って応援してる場合じゃないんだけど。自分の意見を主張できるような彼氏が私にもいたらいいんだけど。

「ま、こんな日もあるわよ」

馬場さんがにっこり笑い掛けてくれる。売り上げが少ないことを私が気にしていると思ったのだろう。私もにっこり笑い返す。すいません、馬場さん、今、売り上げじゃなくて彼氏のことを心配してました。心の中で頭を下げる。しかも、心配する彼氏がいないんです。

「明日は忙しくなるかもしれないんだから、気にしないことよ」

「はい」

そう言われたら、だんだん気になってきた。一日ここにいて美容液と化粧水一本ずつしか売れなかったら、私を雇っても意味がないだろう。

「いくら口紅が好きだ、お客さんをよろこばせたい、って思っていても、実際に売れないんじゃしょうがないなあと思います」

口からつるんと出た言葉は、まるで前からずっと考えていたみたいな実感を伴っていて自分でも驚いた。

「あ」

馬場さんが即座に口角を上げる。お客さんだ。

「いらっしゃいませ」

背の高い、上品そうな雰囲気に見覚えがあった。

「新しい美容液が出たんじゃなかったかしら」

馬場さんより私のほうが近くにいただけだ。それで彼女は私に話し掛けたのだ。そうわかってはいても、声がうわずりそうになる。このひと、あのひとだ。

いつだったか現れた品のいいマダム、推定、四十二歳。推定、優雅な暮らし。推定、だんなひとり、女の子ひとり。このカウンターで何度か買ってくれているらしい。ただし、ここでカードをつくってくれようとはしない。

新しい美容液についても、商品の説明を聞きたいとは思っていないみたいだ。きっと情報は既に持っている。

「もしよろし……かったら、サンプルをお試しになりますか」

頭の中で、この場合はよろしかったで間違っていないのかとすばやく警告が出る。たぶん、だいじょうぶだ。

「ううん、いいわ。買うから、サンプルはいらない」

「ありがとうございます」

サンプルばかり集めるひとも、いる。いろんなメーカーのいろんな化粧品のサンプルを集め、日常的に使っているという。たしかに、それで化粧品代は多少浮くだろう。

だから、サンプルを勧めるにも気を遣う。この場合は別の意味で言葉を選ばなくてはならない。サンプルを欲しがっているように見えるのかと気分を害するかもしれない。

「あの、たとえばご旅行のときなど、サンプルがきっとお役に立ちます。一日二日ならサンプル一包で済みますから」

「いいの」

マダムは私の言葉を遮った。

「行かないから。旅行」

思いがけずはっきりした口調に、とっさに頭を下げる。

「申し訳ありません、出過ぎたことを」

「あら」

マダムの声が和らいだ。

「出過ぎてなんかないわよ。ただ私が旅行に行かないっていうだけの話」

無駄だとは思うものの、美容液の箱を紙袋に入れながらいちおう尋ねた。

「カードをおつくりしますか」

「すぐにできる?」

一瞬、間が空いてしまった。

「はい、すぐにできます！」

また大きな声を上げた私はやっぱりうっとうしいビューティーパートナーに決定だ。

マダムが帰った後で、つくづく思った。彼女がカードをつくってくれたのは、なぜか。私の接客がよかったからか。違う、だろう。たまたまだ。たまたま彼女の気が向いたからなのだ。要するに、お客さん次第。私たちの売り上げや顧客集めはそういうたまたまに左右されている。売り上げに一喜一憂しても始まらない。私の努力や意気込みだけでなんとかなるものじゃないんだ。

私のせいじゃなかったんだ。そう思ったら、なんだか笑えてきた。私のせいじゃない。何もかも私のせいだと考えるほうが厚かましかったんだ。

家に帰って、遅めの夕食を食べる。これじゃ、太るだろう。

「運動でもしたほうがいいかなあ」

ごはんを食べながら言ってみる。

「そりゃそうやろ。運動はしたほうがいいに決まってるわ」

母はそっけない。もうちょっと気のいい相槌を打ってくれないものか。

「職場まで、バスをやめて歩けばいいのかも」

しかたなく、ひとりごとのように地味に続ける。

「でも歩くのって意外とカロリーを消費しないらしいよね。三十分歩いてごはん茶碗一杯分とか」

カロリーと口にしたら思い出した。そうだ、熱量保存の法則だ。あれに気がついただけでも私は進化していると思う。

とっくに食事を終えたらしく、居間の座布団に陣取ってパズルを解いていた珠美に向かって話し掛ける。

「仕事してて、すごい発見したんだ、私」

「へえ」

珠美はパズルから目を上げない。

「聞いて驚け、熱量保存の法則だよ。$E=mc^2$。つまりね、熱量を仕事に換えてもエネルギーの総量は変わらないんだ。仕事と熱の割合が変わるだけなんだよ」

食卓の椅子から身を乗り出して話す私に、やっと珠美は顔を上げた。

「思い出したんだ、私。口紅が好きだ、っていう自分の原点。それを確認したら、私はここにいるのが正解なんだ、と思えたから――」

「ここって、どこ」

「モールの、化粧品カウンターだよ」

「そうなんだ」

珠美はやりかけのパズル雑誌を乱暴に閉じた。

「お姉ちゃんがやり甲斐のある仕事を見つけたんならよかったと思う。でも、お姉ちゃんがここにいるのが正解だとはあたしには思えん」

「ここって、どこ」

さっき珠美が放った質問を、そっくり投げ返す。

「ここ。この家。私は口紅が嫌い。そんなものをひとに売りつけて、いい気になってるなんて笑ってまう」

しまった。わかっていたはずなのに、油断していた。珠美は口紅を含めた化粧品全般を嫌っていたのだった。

「それから、熱量保存の法則ってそんなんじゃないから。恥ずかしいで外で言わんといて」

もちろんだ。こんな話、自分の仕事に対する気構えなんて、家でしか話せない。

受けとめてもらえると思うからこそ話したんじゃないか。珠美が口紅を嫌っているのを忘れて調子に乗ったことは認めるけれど、そんなに無碍《むげ》に切り捨てなくてもいいでしょう。

「文系のひとってゆるいよね。天下の物理法則まで自分の都合のいいように解釈してまうんやし。ねえ、お姉ちゃん、位置エネルギーってわかる？　エントロピーは？　聞いたことくらいはあるやろ」

「うん、聞いたことはある……かな」

珠美は不機嫌そうに立ち上がった。

「$E=mc^2$は特殊相対性理論だから。お姉ちゃんに説明するには何十年もかかる。熱量保存の法則も、私の気持ちも。そんな暇ないからね」

私の気持ちも、と珠美は言い捨てた。そうだ、それを話さなきゃいけない。私と、珠美の、気持ち。今夜は喧嘩になっちゃいそうだから、日を改めるにしても。

お客さんの重なるときは重なるものだ。昨日はあんなに暇だったのに、と恨みがましくパソコンに向かう。ばらけて来てくれればもっと丁寧な応対ができたかもしれない。顧客名簿をスクロールしながら、自分の至らなさに今さらながら落胆している。説明不足、知識不足、配慮不足。

さっきまであれほど混んで馬場さんと私とで大忙しだったカウンターが、今はぽかんと暇だ。今のうちに顧客名簿の整理をしてしまうつもりだった。顧客カードを持っているひとなら、会計のときに販売実績と共に顧客情報も更新されるけれど、持っていないひとの分は後から打ち込まなければならない。

商品番号のバーコードを読み取ると、画面上に現れるのは商品名だけではない。次から次へと訪れて、今となってはよく覚えていないはずのお客さんの顔が、不思議なことにひとりずつ見えてくるのだ。この洗顔クリームを買ってくれたひとの肌がどんな状態だったか、このシャドウを選んでくれたのがどんな目をしたひとだったか。浮かび上がってくるひとりひとりの顔を、忘れないうちにデータとして打ち込んでおく。

いつも使っている化粧水と乳液を買っていったひと。ごめんなさい。いつもの、と言われるままにいつものもので済ませてしまった。季節によっても、年をとることでも肌の状態は変わっていくのだから、いちばん使い心地のいいものを選んでもらうべきだった。よろしかったものが、今現在もよろしいとは限らない。試しにカウンターでつけてみてもらっても、サンプルを持って帰ってもらってもよかったのだ。

時間がたっぷりあって、ひとりひとりにじっくり丁寧に向かい合えるときよりも、忙しいときの応対にこそ、そのひとの力量が出るんだと思う。お客さんが重なると、気持ちが飛んでしまう。笑顔でいることさえ忘れがちだ。誰に対して気を遣えばいいのかわからなくなって、先に来ているお客さんか、後から来て待ってくれているお客さんなのか、両方に笑顔を向けようとすればするほど必死の形相になってしまう。

馬場さんは、やっぱり凄腕だ。笑顔に緩急をつけて上手に振り向けている。それさえできれば、あとは簡単だ。目の前のお客さんのために精いっぱいの応対をするだけだ。

「それがむずかしいんだよねえ」

口の中でつぶやいて、名簿に載っていないお客さんの情報を追加する。

R112CN3——この品番は、口紅だ。ああ、あのひとか。あの、小花模様のワンピースを着た女のひと。品番を見て、そのワンピースの肩についたリボンが解けかけていたことまで思い出した。ふわふわした感じのひとだったけれど、この色を選ぶとは、意外に芯の強いひとなのかもしれない。

そもそもすべての品番を把握しているわけではない。口紅であることはわかっても、どの色かまではわからない。ただ、推測はできる。Rなら赤系、Pならピンク、Oはオレンジ系で、数字が大きいほど色が濃い。ほかにも、マットかグロスか、ラメが入っているかどうかなどの情報がアルファベットと数字の組み合わせで表されている。そういう決まり事さえ知っていれば、品番からある程度は色を推測できるようになっている。

「R112CN3」

入力するときにつぶやいていたらしい。商品の整理をしていた馬場さんが、お疲れさま、と声を掛けてくれた。

「品番を見て、その色が浮かぶようになったら一人前よ。お客さんの顔が浮かぶようになったら、さらに素晴らしい」

素晴らしいと言いながら、ぜんぜん素晴らしそうな口ぶりではない。

「どうかしたんですか」

キーボードの上に指を置いたまま、小さな声で尋ねる。今日はほんとうに忙しかった。さすがに馬場さんも疲れたのだろう。

「見てよ」

馬場さんも小声で話す。

「この手」

振り返ると、両手をパーのかたちに開いてこちらに向けていた。

「……どうかしたんですか」

お互いに業務用のスマイルを浮かべながら話す。

「フェイスマッサージのための手だって言われるの」

「ああ、馬場さんのマッサージは最高だって。お客さん、みんなうっとりしてますね」

さっきまでのような忙しいときは無理だけれど、時間のあるときにフルメイクを施す場合はメイクの前にお客さんの顔に簡単なマッサージをすることがある。単なるサービスではなく、マッサージのためのクリームや、その後につける美容液をさりげなく勧めるのも目的のひとつだ。

それでも、お客さんはよろこぶ。馬場さんのマッサージが素晴らしいのだ。顔へのマッサージなのに、身体全体を包み込まれて揉みほぐされるような満足感があるのだそうだ。お客さんたちのうっとり具合といったら、端で見ていても微笑ましいくらいだ。もちろん、クリームも美容液も、馬場さんの手から飛ぶように売れる。

「手がいいんじゃないのよ、腕がいいの」

「はあ、そうでしょうけど」

「なのに、手、って。あたし、小さいときから背が高くて、手も足も大きくて、ずっと嫌だったのよね」

「それを生かせることになって、よかったじゃないですか」

馬場さんは胸の高さで両手を裏返し、しみじみと視線を落とした。

「あたしね、子どもの頃の渾名《あだな》が馬場だったんだ。馬場。ババよ？　うれしくないでしょう。ジャイアント馬場からつけられたの」

「えっ」

思わず地声を出してしまって、馬場さんに目で制される。囁くように喋るのがコツなのだ。カウンターの中だけで聞こえる、蜂の羽音のようなおしゃべり。

「本名だと思ってました。馬場さんって渾名だったんですね」

「なわけないでしょう。馬場って渾名があんなに嫌だったのに、馬場くんと結婚しちゃったのよこれが。よりによってねえ、人生思うようにはいかないものよ」

ふう、と馬場さんは小さなため息をついた。いつもきっちり上がっている口角が、このときばかりは下がっていた。

「何か、あったんですか」

こっそりと聞く。馬場さんはやっぱりまだ何か言いたそうに視線を落とした。

「お客さんのメイクを見てると、歯がゆいことない？　ここをこうしたらもっときれいになれるのに、って」

「ありますね、たまに」

たまに、だ。ひと目見ただけで似合うメイクをアドバイスできるほどの知識も技術も、私にはまだない。

「今朝のお客さんも、小顔に見せたくてチークを入れてるはずなのに、その位置が間違ってたからかえって顔を大きく見せちゃってた」

きっと馬場さんは、間違っているとは言わずにただださりげなくチークを入れ直し、ひとことアドバイスを添えて、そのお客さんの顔を引き立ててあげたのだろう。マジックみたいな技だと思う。

「そういうことって、ままあるわけよ。よかれと思ってしたことが、裏目に出る」

「はい」

「裏目に出るときはすべてが裏へ裏へまわるんだな」

「はい」

もしかして、と心配になってきた。これ、メイクの話じゃないんじゃないか。私が何か失敗をしたんじゃなかろうか。よかれと思ってしたことなのはわかっているけれど、それが裏目に出たようだと私に伝えようとしている。

馬場さんはもってまわった言い方をするひとではない。それなのにこんなふうに話すということは、よほど大きなミスだったのかもしれない。

「あのう、馬場さん」

勇気を出して、こちらから切り出した。

「私、何か失敗しました？　はっきり言っちゃってください」

馬場さんは黙ってこちらを見た。

「言ってもらったほうがありがたいです。できるだけ直すようにしますから。あっ、もしかして、午後イチでファンデーションを買いに来てくださったお客さんにケースを勧めなかったことでしょうか。あれはですね、キャンディーの空き缶をご自分で工夫してファンデーションケースに改造してらして、なんかこう、気持ちがほっこりするような出来だったので勧めそびれてしまって……」

「何の話？　それより、ほっこりって言葉、やめたほうがいいわよ。何も考えてない子みたいに聞こえるから」

声を出さずに馬場さんは笑った。ほっこり×と胸の中のノートに刻みつける。ひとつ前の覚え書きは$E=mc^2$×、その前が、よろしかったでしょうか×だ。

「ごめん、変な心配かけちゃったみたいね。裏目に出るって、小宮山さんのことじゃないから。安心して」

「私が何か失敗したわけじゃないんですか」

「いんや、なんも」

そう言ってから、ちょっと間があって、

「ただの夫婦喧嘩。何もかもが裏目に出た感じ」

いつもきれいな馬場さんの中から、一瞬、素の、戸惑う妻の表情が見えた。

「なんだかむなしいよね。迷って迷って、あんなに勇気を出して馬場になったのに」

「名前以外では迷わなかったんですか」

うん、とうなずいた馬場さんは、もしかしたら喧嘩をしてもけっこうしあわせなんじゃないだろうか。

「このひとがもっと普通の苗字だったら悩む必要もなかったのに、って恨んだなあ。二宮とか櫻井とか松潤《マツジュン》とかそういう普通の、どこにでもあるような苗字だったら」

松潤は苗字ではないような気がする。

「早く仲直りできるといいですね」

そう言ったが、返事はなかった。馬場さんのほうを見ると、黙ったまま突っ立っている。

その視線の先に、見たことのある男のひとが立っていた。三十になるかならないかくらいで、スーツが似合わなくて、現場慣れしていない感じの、なんだかちょっと頼りないひと。馬場さんに言わせれば、イイオトコなんだそうだけど。

そのイイオトコが私たちふたりそれぞれに律儀に会釈をした。

「小宮山さんとお話をしたいのですが」

「あ……どうぞ、どうぞ」

馬場さんがほんのりと頬を染めてうなずき、それから早口につぶやいた。

「マネジャー、私、席を外しましょうか」

「いえ、お気遣いなく。ちょうどお客様もいらっしゃらないようですから、あちらで」

福井研一がカウンターの端を指すそばから、お客さんが現れた。いらっしゃいませ、と頭を下げる間に福井研一が横歩きでフェードアウトするのが目に入った。去っていったほうをちらちらと気にしながら、馬場さんが商品の整理に戻る。

クレンジングと洗顔クリームを売って深々とお辞儀をしたところに、背中から馬場さんが話し掛けてきた。

「ねえ、さっきの話」

「はい？」

「聞かれちゃったかな、あたしに夫がいるってこと」

福井研一にか。聞こえてはいないだろうけど、マネジャーである彼はそもそもそれくらい知っているだろう。

「ああ、しまったたな。勤務中のおしゃべりは慎むべきだった」

迷った末に、因縁の苗字、馬場を選んだ乙女はいったいどこへ行ったのだろう。

Who is the girl with the crying face
Looking at millions of signs

館内放送でメロディ・フェアが流れ始めた。

もよもよした疑問が胸の中で渦を巻く。おかしい。ミズキが、通らない。メロディ・フェアと共に毎日ここを通っていたはずのミズキが、あの電話以来、一度も姿を見せていない。

「残念だけどあたし、そろそろ上がる時間だから。マネジャーが来たらよろしく言っといてね」

馬場さんの言葉に、曖昧にうなずいておく。

「ま、あたしはこれから気合い入れて仲直りだし」

馬場さんはそこでいったん言葉を切り、思い切ったように小声で続ける。

「よかったら、マネジャー、譲るわよ」

ゆ、譲られても。フロアの向こうから、スーツを着込んだ坊やみたいなイイオトコが、自分が譲られるとも知らずにのんきそうに歩いてくるのが見えた。


曲がりなりにもマネジャーである。管理職の一端を担う人材のはずだ。

ところがこのひと、福井研一は、間違ってもエグゼクティブではない。ビジネスマンでもない。仕事をさぼってショッピングモールで時間を潰しているサラリーマン以外にはどうしても見えなかった。

話がある、と言っていた。いい話であるわけはない。わかっているのに、フロアを横切ってカウンターに近づいてくる彼の姿を見ても何のプレッシャーも湧かなかった。むしろ、おかえりなさい、などと気軽に声を掛けたくなるような雰囲気だ。

ちょっと気を抜いたら、マネジャーだということも忘れてしまいそうだった。

そうだ、いらっしゃいませ、と言ってみてはどうだろう。そうしたらきっとこのひとはセールストークに乗せられて、口紅の一本や二本、ふらふらと買ってしまうんじゃないか。

しかし、私が「おかえりなさい」も「いらっしゃいませ」も言わないうちに、彼は口を開いた。

「その後、いかがですか」

カウンター越しに、まじめくさった声でだ。こういうところ、よくないと思う。だって勤務中なのだ。まさに今このときにもお客さんが現れるかもしれない。カウンターを挟んで私たちが深刻な——たとえば、売り上げが伸びないことや、研修受け直しの通告や、何かそういう今の私の販売成績ならじゅうぶん考えられるような——会話をしていたら、お客さんを迎える空気とは程遠くなってしまう。

「もし大事なお話があるんでしたら、仕事が終わった後のほうがよろしいいんじゃないでしょうか」

私の提案に、福井研一の眉が上がった。

「いいんですか」

驚いたような顔をされるとこちらが驚いてしまう。

「いいも悪いも、ここじゃ話ができない気がするんですけど」

福井研一は少し頬を緩めてうなずいた。

「そうですね、そうですよね。わかりました。それじゃ、もしよかったら」

言いながら、カウンターの内側へまわってきて、

「しばらく私をここに置いてください」

いちばん端のショーケースの前にちょこんと立った。実際にどれだけお客さんが来るか、そのときの私の接客がどのようなものなのか、実地で確かめてみるつもりなのだろう。ちょっとうっとうしいけれど、しかたがない。ひとの身体三人分ほど空けたところに、私たちはふたり並んで立つことになった。

私はなるべく福井研一の声を聞かず、顔を見ず、挙動を気にしないよう努めた。そうでなければ、ため息をついてしまいそうだった。このほんのしばらくの間に、マネジャーの致命的な欠点に気がついてしまったのだ。

間が悪い。このひとはものすごく間の悪いひとだった。いらっしゃいませ、と掛ける声が小さすぎてお客さんに届かず、大きすぎてうるさがられている。隣に立っている私のほうが気を遣ってしまう。黙ってすわっていてくれればいいですから、

と言ってあげたい。むしろそうしてほしい。しかし、本人はあまり気にしているふうではない。まごまごしないし、おろおろもしない。ただ、いらっしゃいませ、と間の悪い声を掛け続けるだけだ。

間が悪いのはそればかりではない。お客さんの途切れた隙にこちらに話しかけてくる。すると途端にお客さんが現れるのだった。

「私は感動しました」

福井研一が言う。

「何にですか」

聞き返すと、それに答える前にやはりお客さんが来て、話が中断された。ひやかしらしいふたり組だ。ろくにこちらの顔も見ないで、勝手にサンプルの口紅を手に取って、すぐに戻して、それで行ってしまった。福井研一との話はまた最初からだ。

「私は感動しました」

「何にでしょう」

今度は花村さんが通った。こちらを見てからわざとらしく視線を外したのに、何も知らない福井研一は臆せず声を掛ける。

「いらっしゃいませ」

花村さんは振り返り、それからもう一度ぷいっと顔を逸らせて歩いていってしまった。

「……駄目ですね、私」

さすがにうつむきかけた福井研一を、私はにこやかに励ました。

「駄目じゃないです、福井さんが悪いんじゃありません」

悪いのは花村さんだ。あの態度は何だ。そう思ったけれど、どうして花村さんのせいで福井研一を励まさなきゃならないのかよくわからなくなっている。

福井研一は気を取り直したらしい。さっきの話をもう一度繰り返そうとした。

「私は感動したんです」

「はい。何にですか」

私の質問も三度目だった。

「……えーと」

「はい」

「何に感動したんでしたっけ……」

「はい？」

見ると彼は眉を寄せて真剣に考え込む顔つきになっていた。忘れてしまう程度の感動なら、所詮たいしたことはない。

「最近、何かに感動しましたか」

苦境を切り抜けるための苦肉の策だろう、福井研一は逆にこちらに感動ネタを振ってきた。

「……今朝は庭の向日葵が太陽に向かって輝いていました」

「ああ」

日常の中のそういう小さな感動こそが心を豊かにするんですね。それくらいのコメントがほしいところだ。

しかし福井研一はあかるい顔を上げた。

「思い出しました、私の感動」

「はあ」

「すごく親切で腕のいいビューティーパートナーがいるとわざわざ葉書を書いて知らせてくださったお客様がいらっしゃったんです」

私の向日葵はどこへ？

「あの、つい二、三日前まで小振りで色も薄かったんです。それが、急にひとまわり大きくなって、黄色が濃くなって」

「何の話ですか」

「ですから、向日葵です、うちの庭の」

「ああ」

福井研一は曖昧に微笑んだ。

「あなたの感動の話でしたね。失礼しました。続きをどうぞ」

「いいえ、もう気が済みました。マネジャーの感動の続きをどうぞ」

促すと、あっさりうなずいた。

「このカウンターにすごく親切で腕のいいビューティーパートナーがいるんです。それをお客様がわざわざ葉書で知らせてくださいました」

さっきとほぼ同じ言葉で彼の感動が伝えられる。

「それはうれしいですね」

仕事用スマイルにちょっと個人的な感情を上乗せしてみる。うまく表情に乗せることができていればの話だが。カウンターの上の鏡をちらりと見ると、蛙が雨乞いの歌を合唱し始める寸前のような顔が映っていた。その顔に、自分のほんとうの気持ちを知らされた気分だ。酷暑だった。そろそろ私にも恵みの雨がほしかった。

凄腕のビューティーパートナーがいることは、配属されたときから知っている。

それをどうして今また話すのだろう。わざわざ葉書で、というところがミソなんだろうか。電話やメールでではなく葉書で伝えられたことに、このひとは感動しているのだろうか。

「さっき馬場さんがいる間に話してくださったらよかったのに」

笑顔を保とうと思う。でも、むずかしかった。

「どうして本人を直接ほめないんですか。馬場さんだって福井さんからほめられたほうがうれしいに決まってます」

馬場さんだって、と言ってしまったが、ほんとうに言いたかったのは、私だって、だ。私だって、お客さんが馬場さんに感動したことを引き合いに出され、それでモチベーションを奮い立たせようなんて画策されてもぜんぜんうれしくない。

「子どもはほめて伸ばす、って言いますよね。馬場さんをもっとほめてあげてください。馬場さんは子どもじゃないですけど、部下もほめて伸ばすものなんです」

蛙がえらそうなことを言っている。三十秒ほど前に、それはうれしいですね、と言ったときの私は少なくとも胸の何パーセントかではほんとうにうれしいと思っていたはずだ。それなのにどうしてこんなにねじけたことを言っているのだろう。

「小宮山さん」

「はい」

「小宮山さんは何か勘違いをしているようです」

そうだ、どうせ私は勘違い小僧だ。売り上げを気にしたり、気にしすぎないのが大事だと思ってみたり、ビューティーパートナーとしての自分の原点を確認できたつもりになったり、それをすぐに忘れて先輩を妬んだり、上司に意見したり。

「お客様がほめてくださったのは、小宮山さん、あなたのことですよ」

「へえ」

へえじゃないだろう。いくら返答に詰まっても、へえはないだろう。でもほかに言葉が出なかった。

「いざというときにこんなに頼りになる店員さんはいないと母が泣いてよろこんでいました」

福井研一は暗記したらしい葉書の内容を棒読みしてみせた。そして、首をぐりっとねじってこちらを見た。

「小宮山さん、やりましたね。泣いてよろこばれるとは、どれだけ素晴らしい接客だったのでしょう」

「え……と、それ、私じゃないと思います。心当たりがありません。『母が泣いてよろこんでいました』ということは、投書したのはお子さんということですよね。その点でも思い当たる方がいらっしゃいません」

「おや」

福井研一はぱちぱちと瞬きをした。意外に睫が長い。

「それはまた素晴らしいじゃないですか。特別なお客様へのサービスが気に入られたのではなく、普段の接客でよろこばれたということですから」

そうかもしれないけれど、残念ながらやっぱり私ではない。接客で感激された覚えなどないのだ。それほど感激してくれたのなら、その場でもそのよろこびは伝わってきたはずだ。

「すみません、それほんとうに私のことなんでしょうか」

冷静に聞き返すと、福井研一は大きくうなずいた。

「間違いありません、小宮山さんのことです」

では、やらせ？　誰かが私の評価を上げるためにわざわざ葉書を書いてくれた？

「ピンクのカウンターの、小さくて眉の薄いほうのひと、とはっきり書いてありましたから」

「ま、眉が薄いほうの……？」

咄嗟に鏡で眉を確認する。たしかに、眉は薄い。しかしきっちりと描き足している。

「それだけなんですか、名指しじゃないんですか」

「なかなかビューティーパートナーの名前を覚えてくださるお客様はいらっしゃいませんからね。こちらに上がってくる情報でも、たいてい名前までは不明です」

でも、馬場さんを示す情報としてなら、私と対比して「大きくて眉の濃いほうのひと」とはならないと思う。「すらっとした美人」とか「マッサージのうまいひと」とか、そんなふうに形容されるはずだ。

「私は『小さくて眉の薄いほうのひと』なんですね……」

もっとたしかなキャラがほしい。そうすれば、私から買ってくれるお客さんも増えるのではないだろうか。

しかし、福井研一はにこにことうなずいた。

「いいじゃないですか、それで」

「よくないです。小さくて眉の薄いほうのひとなんて、ぜんぜんよくないです」

「でも、小宮山さんはたしかにお客さんをよろこばせている。それ以上、何が必要でしょう」

それ以上、何が。っていろんなものをたくさんだ。私に足りないものはたくさんある。でも、それ以上、何が。ビューティーパートナーとしての私にはまず何が必要なんだろう。

「小宮山さんはそのままでいいんです」

狭いカウンターの中で、福井研一がこちらに向き直っていた。小宮山さんはそのままでいいんです。そう言った彼の思いがけず強いまなざしに、くらっと来た。小宮山さんはそのままでいいんです。ああ、こんなこと、誰かに言われてみたかった。できればビューティーパートナーとしての小宮山さんじゃなく、ひとりの女性としての小宮山さんに向けて。

それからぶんぶん首を振った。今ほしいのは、ビューティーパートナーとしての資質だ。

ふと、思い出した。馬場さんがこのひとを最初に形容したときのこと。イイオトコの前に、ひとたらしだと言っていたのではなかったか。

「もしかして、マネジャー、誰にでもそう言ってるんじゃないですか」

福井研一は真面目な顔で聞き返した。

「何をですか」

「あなたはそのままでいい、って」

まっすぐに見上げたまま詰め寄ると、茶色い瞳が揺れた。

「心外ですねえ。ほんとうにそう思ったひとにしか言いませんよ」

「どれくらいの割合でそう思うんですか」

「ひみつです」

このひと、意外にワルイ。

「マネジャーって見かけによらず曲者《くせもの》ですよね」

「なんのことでしょう」

首を捻ってみせる福井研一のもさもさ演技にもう私はだまされない。このひとこそ凄腕だったらしい。不覚にも胸が躍ってしまったではないか。

館内放送でレット・イット・ビーが流れ始める。普通は蛍の光なんじゃないかと思うが、これがモールの閉店の合図だ。

福井研一は帰っていった。ちょっと名残惜しそうに見えたのは欲目かもしれない。

「小宮山さんはそのままでいいんですが」

帰り際にもう一度言った。しばらく待ったが続きはなかった。何が「が」だ。そのままでいいなら、逆接の助詞をつけるなと言いたい。しかし。

——そのままでいい。

なんて魅力的な台詞なんだろう。やわらかくて、甘い匂いがして、そのますますっと信じて楽になってしまいたくなる。いけない、と思う。私はまだまだこのままでいいはずがない。それなのに、大きな手でぽんぽんと肩をたたいてもらったようなあたたかな気持ちに包まれている。

膝を折り、ショーケースの鍵をひとつひとつ閉めていく。閉めながら、考える。そのままでいいと言われてくらっと来た。でも、そのままでいいかどうかは、誰かに決めてもらうことじゃない。自分でそう思えるかどうかが鍵なのだ。いいところも悪いところも認めて、がんばっているところもうまくいかないところもみんなひっくるめて、そのままでいい、と自分が思えるかどうか。

私はとてもそんな場所にはいない。そのままでいいという言葉を信じていいのは、もっとがんばっているひとだけだろう。そこまで行きたい。行こう、と思う。とりあえず福井研一に感謝しよう。ありがとう、こんな気持ちにさせてくれて。

ショーケースのすべての鍵を閉め終えて、立ち上がる。向かいのカウンターのひとも片づけを終えたらしい。こちらに会釈をしてカウンターを出て行った。

さあ、私も行こう。今の私はそのままじゃちっともよくない。ずっと引っかかっていたことを、ひとつずつ、解きに行かなくては。

それで今、市中の総合病院にいる。

思い切ってミズキに電話した。こちらから掛けるのは初めてだった。思い切らないと電話もできないってところに、私のミズキへの気持ちが表れていると思う。幼なじみなのに理解不能。気になっているけど距離を保ちたい。なにより、あの鉄仮面を見るのが怖かった。

相部屋らしい。六つ名前が並んだプレートのいちばん上に、やけに太いマジックで乱雑な文字が跳ねている。真城ミズキ。とりあえず少し安心した。容態がよくなかったらいきなり大部屋に入ることはないだろう。

静かにドアを開けると、薄いピンクのカーテンで仕切られた空間は、どこも静かだった。本来の面会時間を過ぎていた。ネームプレートの順番どおりなら、左側のいちばん奥がミズキのベッドのはずだ。そろそろと進んで、カーテンの隙間からおそるおそる覗くと、中に小さなひとが横になっていた。目は開けている。ぽかんとこちらを見ている顔は小学生の頃のままだった。

ああ、ミズキ。

思わず声を上げそうになって、ぐっとこらえる。そうだ、このひとこそ、ミズキだ。私の知っているミズキだ。鉄仮面を外した、素のミズキ。やっと会えた、と思う。なつかしい友達。でも、同時に胸のどこかが、きゅるっと音を立てて小さく痛んだ。

ミズキは掛け布団を頭まですっぽりと被ってしまった。すっぴんを見られるのが嫌なんだろう。

「ミズキ」

できるだけあかるい声をつくった。

「だいじょうぶ？　顔色は悪くないみたいだね」

昔のままの面影のミズキを見て、私の胸がちくちくしている。

なつかしいミズキが病院のベッドで寝ているからではない。私は、見たいものしか見ていない。何か大事なものを見落として、というよりも、見ないようにして目を背けている気がする。ミズキの、これまで。ミズキの、今。分厚い仮面をつけて、生身の自分を出さないようにしてまで、ミズキは強くなりたいと願ってきた。やり方に無理があるにしても、それをすべて否定する資格が私にあるのか。

ミズキから目を逸らしちゃいけない。友達ならそこを見ないで通るわけにはいかない。

「びっくりしたよ。具合はどうなの」

勝手にベッド脇の丸椅子を引き出して腰かける。ジムでの仕事中に踵の骨が折れたのだという。こっそり無理なトレーニングでもしていたのではないか。仕事をしていてどうしたら踵の骨など折れるものだろう。

「もうだいじょうぶ。痛みもずいぶん引いた」

布団の中から答える声は小さかった。ほんとうはまだ痛むのだろう。

「どうして言ってくれなかったの」

聞いてから、しまった、と思った。調子がよすぎる。どうして言ってくれなかったのかと責めることができるほど私たちは親しくはなかった。鉄仮面を被って世界征服を主張するミズキに、私は困惑していたではないか。現に、さっき初めて電話をして知ったくらいだ。それなのに、こういうときにいかにも友達っぽいことを言うとは、いい子ぶるにも程がある。

「……結乃」

しかし、ミズキの声はやわらかかった。布団から額だけが見えている。その肌が透きとおるようだ。

何もしなくてもこんなにきれいだ。ミズキはそのままでいいんだ。音を立てないように言葉を飲み込む。私が言っても、聞いてくれるだろうか。ちゃんとミズキの胸に届くだろうか。メイクをしなくていいんだよと伝えることで、濃いメイクをするミズキを否定していないか。

そのままでいい。だけど、私が言っただけじゃ駄目だ。ミズキ自身も自分でそう思えなければ。

「こうやって寝てると、焦るよ」

しみじみとミズキがため息をつく。

「焦っちゃいけないよ、今は身体を休めるのがいちばんなんだから」

ちょっと考えて付け足した。

「寝る子は育つって言うじゃない」

するとミズキは布団をちょっと下げて目まで出し、はは、と笑った。

「そうなんだよ、寝てるとどんどん育つよ、世界征服の夢」

ははは、と私も笑った。ベッドのミズキとその脇の椅子に腰かけている私との間は五十センチもない。じかに目と目をつきあわせて、もう、逃げる場所がない。

「ねえ、ミズキ」

笑顔のままで私は尋ねる。どきどきしている。

「ミズキの夢見る世界征服って、具体的にどんなことなの」

内心は祈るような気持ちだ。どうか穏健な答であってくれ。

「……笑わない？」

「笑わないよ」

ミズキは布団から覗いた両目で天井をまっすぐに見上げた。ベッドの中で背筋が伸びているのがわかる。

「ヘビー級のチャンピオンになって、ジャイアント馬場を倒す」

笑うどころか、言葉も出なかった。

「ジ、ジャイアント馬場って、あの、もう亡くなってるんでは……」

ようやく質問をひねり出したけれど、カーテンの向こうを気にして小声になった。

ミズキは気にもしていないらしい。決意表明するかのように肌が紅潮している。

「最強の男を倒すことは世界征服と同義でしょう」

「……ええと」

ヘビー級ってすごく大きいひとの階級だったと思うし、そもそもジャイアント馬場はボクシングの選手じゃないし、いや、そんなことより、どうして最強の男を倒さなくてはいけないのか。

「世界を征服すれば、何もかも思い通りにできるよね」

ミズキはこちらを見ず、天井を睨むようにしてはっきりと話した。

「私は誰よりも強くなって、すべてのことを思い通りに動かすんだ」

答えようがなかった。でも、逃げようもなかった。

「ミズキ、そんなひとはいないよ。すべてのことを思い通りに動かせるひとなんて、いないいんだよ」

あたりまえだ。そんなことくらいミズキだってわかっている。それでも思い通りにしたいと願ってしまうほど、ジャイアント馬場を倒さなければならないほど、ミズキにとってこの世界は不自由なんだろう。

「じゃあ、せめて」

ベッドに横になったままの体勢で、目を伏せた。

「前半を叶えたい」

誰よりも強くなりたい、か。そう願うのはよほど弱っているからではないか。

そのままでいいじゃない、と言ってしまいたかった。でも、簡単に言ってはいけないこともわかっていた。天真爛漫だった幼いミズキが目の前によみがえる。この子に何が起きたんだろう。何も起きなかった私のなぐさめなんてミズキの耳に入るわけもない。

「なによ、なんで黙ってるのよ」

ミズキがえらそうにこちらを向いた。

「気が利かないよね、結乃は。じゅうぶん強いよ、もっとがんばって強くなれ、ってそれくらいどうして言えないのかなあ」

「ミズキは強くてやさしいよ」

私は言った。

「忘れてないよ。遠足のとき、おにぎり落としちゃった私にミズキは自分のおにぎりをくれたんだよね。やさしいなあと思った」

「事例古すぎ」

「そんで、私のおにぎりを拾って食べた」

「そう……だっけ」

「うん、強いなあと思った」

「よく覚えてるねえ」

ちょっと照れくさいのかもしれない。ミズキはわざと拗《す》ねたような声を出した。

「強いかな。それ、強いって言うのかな」

不意に声が震えたと思ったら、顔がぐしゃっと歪んだ。

「そんなこと覚えててくれたんだ。私を覚えててくれるひとがいるって、それだけでけっこううれしいもんだねえ」

「いやだ、何言ってるの、ミズキのことはずっと覚えてるに決まってるでしょ」

嘘だ。何度も顔を合わせていながら、鉄仮面が幼なじみだと気づかなかったのはどこの誰だ。後ろめたかったけれど、ミズキは化粧気のない一重の目を潤ませている。

今だ、と閃いた。言うなら、今だ。

「ミズキはそのままで……」

「私の望みは何ひとつ叶わない」

私たちの言葉は重なって、強いほうの言葉が勝ち残った。一瞬間が空いた。その言葉の強さを薄めてあげられるのは、ピンクのカーテンで仕切られたこの狭い世界に私ひとりきりだ。

「そんなわけないよ。悲観しすぎだよ。ミズキの望みはこれからどんどん叶うかもしれないじゃない」

ミズキは弱々しい顔をこちらに向けた。

「無理だよ、強くもなれないし、世界征服なんて夢のまた夢」

目に涙が溜まっている。聞くべきなのかもしれない。どうしてそんなに強くなりたいか。世界を征服したいのか。

「泣くことないって。ミズキ、今、怪我して弱気になってるから。そうだ、ほら、プリン買ってきたんだ。食べよ、一緒に」

胸の中で首をもたげた思いをプリンでねじ伏せる。

パジャマの袖でさっと目元を拭ってから、ミズキは鼻を啜った。

「あじがと」

背中の下に腕を入れて、ゆっくりと半身を起こす手伝いをする。素顔を覆っていた布団が胸元まで下りたけれど、もうミズキはそれを引き寄せなかった。青い畳みたいなミズキの匂いがした。

プラスチックのスプーンでプリンをすくいながら、ミズキはくぐもった声で言った。

「いっこ叶ったよ」

何が？　と聞き返すまでもなかった。おいしいおやつを、とか、気のおけない友達と、とか、なんだかそんな、わざわざ叶えたい願いとして口に出すほどでもない、ささやかな願い。それが叶ったのだと思う。黙っていてもわかった。私も同じ気持ちだったから。

「おいし」

ミズキが笑ったら、それだけでプリンが価値あるものに思えた。プリンを買ってきた私も価値あるひとに思えた。

ミズキ、もっと自信を持ったらいいよ。そのまんまでいいんだよ。メイクで武装しなくたって、全世界に闘いを挑まなくたって、ミズキがいるだけで私はうれしいよ。

「手の届くしあわせじゃ、足りないのかな」

ミズキはスプーンをくわえたままで、私のつぶやいた質問には答えなかった。そのままでいい、と言うにも言われるにも、勇気がいる。そのままでいいっていうのは前に進まなくていいってことじゃなく、がんばってるそのままでいいってこと。闘うなら闘うミズキでいいってことだ。

プリンを食べたら、ちゃんと聞こう。ミズキが何を思い、何のために闘っているのか。

消灯前の巡回に来た看護師さんに睨まれて、そそくさと六人部屋を出た。結局、ミズキにはそれ以上何も聞けなかった。私たちはただ黙ってプリンを食べただけだ。おいしかった。だいじょうぶ、また来よう。また来て、またおいしいおやつを一緒に食べて、また話そう。

総合病院前からバスに乗る。夜のバスは空いていて、シートに雨の匂いが染み込んでいる。窓ガラスの向こうを雨滴が斜めに走る。信号の赤が雨ににじんで光って見えた。

向かうのは、わが家だ。今朝出てきた、わが家。帰るのではない。これから、向かう。顔を向き合わせたいひとがいる。おいしいものを一緒に食べて、話したいひとがいる。ミズキに背中を押してもらったような気がしている。どんな気持ちで家へ戻ってきたのか、ビューティーパートナーの仕事をしているのか、話そう。

母と妹の顔を交互に思い浮かべて、どきどきしながら歩いたバス停からの道。帰り着いたわが家には鍵がかかっていた。

「おーい」

引き戸を控えめに叩いてみる。

「ただいまぁ」

古い家の軒は狭くて、夜の雨が肩を濡らす。「とんとんとん」がやがて「どんどん」になり、「がんがんがん」になった頃に玄関の灯りがついて、引き戸のすりガラスに人影が映った。

「まったく、鍵も持って出んかったんか」

仏頂面の母が戸を開けてくれながら小言をこぼす。

「いつも開けて待っててくれるから」

「連絡もせんとこんな遅くなって、今何時やと思ってるの。いつまでも玄関開けといたら不用心やろが」

「……ごめん」

圧倒的に情勢が悪い。ぜんぜん話し合う状況じゃない。しおしおと玄関に入りながら、それでもトライだけはしてみた。

「あのね、お母さん、話したいことがあるんだけど」

三和土《たたき》を戻りかけた母の背に言うと、にわかに振り返った目が輝いていた。

「おつきあいしてるひとがいるんか」

「へ？　おつきあい……してない、してない」

首を振ると、急に興味を失ったらしい。

「明日でもいいか。お母さんもう寝るとこやったの。あ、しっかり鍵かけてきてや」

「寝るって、まだ早いじゃない」

「ほんでもこれからテレビ観て、お茶飲んで、歯磨いて、もう寝るざ」

母は振り向きもせずに居間に入っていった。道は遠い。テレビにも番茶にも今の私の話は負けるってことだ。


翌朝も雨だった。いつもより早めに起きて、時間を見つけて母と妹と話そうと思っていたのに、起きるとふたりとも出かけた後だった。家族ってこんなものかもしれない、と何度となく思ったことを繰り返し思いながら、のそのそと炊飯ジャーからご飯をよそう。家族ってなんとなくそこにあって続いていくものなのかな。

昨日の晩ごはんだったらしい煮ものの残りと納豆を冷蔵庫から出し、食卓につく。テーブルに椅子が三脚。でも、と思う。昔、四脚だったじゃないか。家にはもう一脚椅子があった。父がいて、母がいて、私がいて、妹がいた。それが、あっけなく三人になった。なんとなくなんか続いていかなかった。それなのに、あれ以来、家族ってこんなものかとごまかしごまかし来たような気がする。

遅番で出勤する頃には、雨は小止みになっていた。モールの入口までバスで来るから、降りるときに傘は要らない。バスのステップからモールの屋根までの小さな隙間を飛び越せば濡れずに済む。それなのに、パンプスが滑った。あっと思ったときには尻餅をついていた。

駆け寄って助け起こしてくれたひとがいた。ありがとうございます、と顔を上げると花村さんだ。驚いている私に、

「この頃、ミズキ通らないみたいだけど」

それだけ小声で口走ったかと思うと、足早に従業員入口のほうへ去っていってしまった。

花村さん。ミズキ。コンクリートで打った腰の痛み。濡れたパンプス。なんとなくは続いていかない家族。いろんな気がかりが頭の中で交錯する。のったり歩く足取りも重かった。こんな日には、きっと、まだ来る。もうひとつくらい、気がかりなことがやってくるだろう。頭の上を通り過ぎていってくれるよう、できるだけおとなしくしていることだ、と私は思った。

予感とも呼べない予感が形になったのは、午後いちばん手の空く時間帯だった。

フロアの向こうから、誰かが近づいてくる。彼女が歩くと、まわりのひとが次々に顔を上げる。整った顔立ちに、どこか影があるような、静かでおとなしい美人顔。

そのひとは、あちこちのカウンターに控えめな笑顔と会釈を交わしながら進んできて、うちのカウンターの前でゆるやかに足を止めた。

ああ、やっぱり。

どうしてだかわからないけれど、このひとはここに用があるのだと知っていたような気がした。

「お久しぶり」

先に口を開いたのは馬場さんだった。

そのひとは、馬場さんに向かって、というよりカウンターに向かって深々とお辞儀をした。

「お久しぶりです」

細い雨のような声で挨拶をすると、

「その節は大変申し訳ありませんでした。勝手に辞めてご迷惑をお掛けしました」

再び深く頭を下げた。

「馬場さんにはほんとうにお世話になりました。それなのに」

尚も続けようとするのを、馬場さんが笑顔で遮った。

「もうそれでじゅうぶんよ。私には結局何もできなかったんだから」

そして、いったん私のほうを向いてから付け足した。

「後任の小宮山さん。なかなかの有望株」

「あ、小宮山結乃です。いえ、あの、ぜんぜん有望なんかじゃありません」

あわててお辞儀をすると、そのひとは私にも丁寧にお辞儀をした。

「白田直子《なおこ》です。ここで働いていました。……大変でしょうね、あなたも」

急に大変でしょうねと言われたら返事に困る。困るだろう。困らないか。べつに困ることはないか。

「あのう、私、べつに大変じゃありません」

最後の「ん」を発音したとき、ちょっと声が震えた。辞めていった白田さんを前にし、横には凄腕の先輩、馬場さんがいる。ミズキの鉄仮面が浮かぶ。メイクを嫌う妹の顔。母の顔。いろんな顔に向かっての、決意表明みたいなものだと思った。

私は大変じゃありません。

白田さんは微笑んだ。

「よかった。あなたはこの仕事に向いているのね」

それから馬場さんのほうを向き、

「大変でしょうって聞かれて、胸を張って大変じゃありませんと答えられるのは、この仕事に向いている証拠だと思います。ね、馬場さん」

馬場さんは笑わなかった。

「ほんとにね。いつだったか、そう聞かれて、涙を溜めてうつむいちゃったひとがいたものね。まわりの目がなんだか冷たかったわ。私がいじめてるように見えたみたいよ」

「ごめんなさい」

白田さんがしおらしく目を伏せる。

「あなたが辞めてほんとうによかった」

「えっ」

思わず声をあげたのは私だ。辞めてほんとうによかっただなんて、馬場さんがそんなことを言うとはにわかには信じがたい。そこまで言わせてしまうほどのひとなのか、この美しいひとは。

「ここにいた頃より、あなたずっといきいきしてるじゃない。肌もずっときれいになった。辞めて正解だったのよ。私も安心した。大変そうなあなたを助けてあげられなかったから」

それほど心配していたということだろうか。

「おかげさまで、今の仕事は私に合ってるみたいです。大変だと思わない日はないけれど、大変だと思ったことはないです――あれ？」

白田さんは小首を傾げた。

「わかります！　私もです。毎日大変なんだけど、ただ大変なのとはまた違うんですよね」

力を込めて同意した。白田さんは微笑んでくれた。このカウンターでこのひとが感じていた大変と私が感じている大変はきっと違う。私の大変はバネにして弾んでいこうと思える、あるいは乗り越えてその頂上で高らかに笑おうと思える大変さだ。

「片町《かたまち》にいるって聞いたけど」

馬場さんが話を振った。歓楽街である片町は、このおとなしそうなひとの居場所としては意外な気がする。でも、私も白田さんがホステスになったという噂を聞いたことがあった。

「はい。実は伯母が片町に店を持っていまして」

白田さんは穏やかに続けた。

「私はその店で占いをしています」

「う、占い……」

聞き返す私の横で、馬場さんがうなずいたのがわかった。

「あなたにぴったりね、その仕事。道理でいきいきしてるはずだわ」

ビューティーパートナーではなく、占いがぴったりなひと。これでいきいきしているとは、元はどういうひとだったんだろう。私の目は白田さんの顔からなかなか離れなかった。たしかに、噂どおりにきれいなひとだ。だけど、どこかさびしい。何かが足りない。目だろうか。せっかくの形のいい目もとに華がないのだろうか。いや、じゅうぶんすぎるほどきれいなのだから、これ以上美しさを求めるのはおかしいのだろうか。

でも、その形のいい目がこちらを見たとたん、私は思いがけないことを口走っていた。

「私を占ってもらえませんか」

「いいわよ」

「駄目よ」

声が重なった。白田さんと馬場さんが同時に返事をしたのだ。

「何を占ってもらいたいの」

馬場さんは業務用スマイルを浮かべてはいたけれど、目はやっぱりぜんぜん笑っていなかった。

占ってもらいたいことならたくさんある。仕事のことはもちろん、母や妹のことも、ミズキのことも、それにできれば恋愛だとか結婚だとか、これからの私の身に起こるはずの大事件。何をいちばんに占ってもらおうか。

「ええと、あの、いろいろです」

口ごもった。何を占ってほしいのか、いろいろあるようで、つまりはっきりとあるわけではなかった。白田さんが馬場さんに視線を移した。

「馬場さん、たいていの女子は占いが好きなんです。よく当たるひとに占ってもらいたいものなんです。馬場さんは……興味がないかもしれませんけど」

馬場さんは、の後に、強いから、と聞こえたような気がしたが、空耳だったかもしれない。

「だって、ほんとに大事なことは自分で決めたいじゃない。占いに左右されたくないの」

馬場さんがきっぱりと言う。たしかに馬場さんは強い。だけど今日はちょっと、普段の馬場さんではない。いつもはどちらかといえばミーハーなところもあると思う。少なくとも、占いをことさら嫌うような感じはなかった。これはもしかして、白田さんに対抗しているのだろうか。

「あの、ごめんなさい、私が余計なことをお願いしてしまったばっかりに」

どちらにともなく謝った。せっかく来てくれた白田さんと、それによってやっと安心できた馬場さん。お互いに複雑な思いを抱えているらしいふたりをぎくしゃくさせてはいけない。

「だいじょうぶ。お店に来てくれたらいつでも占いますから。それだけ悩みを抱えていて、将来に不安を持ってるってことなんですよね」

白田さんが鷹揚に微笑むのを見て、気がついた。私は悩みを抱えているか？　将来に不安を持っているか？　仕事のこれから、母や妹とのこれから、ミズキとのこれからを、自分が選ぶよりも先に占いに頼りたいと思っているのか？

答が出る前に白田さんは口調を変えた。

「それより、今日はここへ買い物をしに来たんです。気持ちの整理がついたら、正々堂々とこのカウンターにお客さんとして来ようってずっと思ってました」

馬場さんにぴったり向き直っている。馬場さんも白田さんを真正面から見据えている。

「どうもありがとう。やっと来てくれたのね」

ほんの一瞬のことだったけれど、ふたりの視線がぱちっとハイタッチをしたみたいな感じがした。

「私、馬場さんから化粧品を買いたかったんです。一度、馬場さんの手でメイクをしてもらいたいと思っていました」

白田さんが言い、馬場さんが、ありがとう、と答える。そして、笑顔でこちらを振り返った。

「私からじゃなくて小宮山さんから買ってあげて。小宮山さんにメイクをしてもらって」

指名されてびっくりした。

「いえいえいえいえいえいえ！」

顔の前で手を振る。

「せっかく来てくださった先輩にどうして私がメイクをするんですか。こういうときこそ馬場さんがすべきです、私じゃ意味ないです」

固辞すると、

「何言ってるのよ、こんないい機会はなかなかないわよ。白田さんと会話してごらんなさい。勉強になるわよ」

てのひらでピンクの制服の背中をぽんと叩かれた。

「白田さんは相手の心の動きが読めるの。そのかわり自分の心は決して出さない。あなたが白田さんに何を売れるのか、楽しみだわ」

もちろん白田さんにも馬場さんの言葉はすべて聞こえている。否定をしないところを見ると、ほんとうなのだろうか。相手の心の動きが読めて自分の心は出さないなんて、ほんとうだとしたらかなり手強い。白田さんがビューティーパートナーだったら、すごく売り上げを上げられたんじゃないだろうか。

でも、そんな話は聞かなかった。これまで耳にしてきた話を総合すると、ビューティーパートナーとしての成績は特によくもなかったようだ。

「では、こちらにおかけになってください」

スツールを勧めながら、まだ惑っている。相手の心が読める占い師。とても太刀打ちできそうもない。どう考えても相手のペースになりそうだ。いや、相手のペースでもいいか。ペースは相手に預けていい。私の仕事はビューティーパートナー、このひとが美しくなるためにほしいものを差し出せばいいだけなのだ。

「厄介な客が来たと思ってるでしょう」

スツールにすわってカウンターの上のカタログを眺めながら、白田さんは静かな声で言った。

「はい」

「ひとの心が読めるなんて、嘘よ。気にしないで」

「素直なのね。ほんとに読めるかもしれないのよ」

「はい」

「はいじゃないわよ、ひとに心を読まれるの、気持ち悪くない?」

「はい」

「ほんとに気持ち悪くないの?」

繰り返して聞かれた。少し前に、似たようなことを言われた。そんなふうには見えなかったのに、ミズキは自分がひとから気味悪がられることを深く気にしていた。この美しいひとも、表に出さないだけで切実なのかもしれない。

「気持ち悪くないです」

私は言い切った。

「考えていることを読まれたら恥ずかしいけど、心を読まれるのはしかたがないです。少なくとも、気持ち悪くなんかありません」

白田さんは虚を突かれたような顔になった。その首にケープを巻きながら、ちょっとだけいいことを言えたかな、と思ったら、

「あのね、心を読むっていうのは、考えを読むってことなの。たとえばあなたが今、ファンデーションはこの色かな、もう一段あかるい色かな、って考えてることがみんな読まれちゃうの。白く見せたいけどあんまり白っぽくすると浮いちゃってかえって変だぞ、って慎重に迷っているのがばれたら嫌じゃない？」

むう、と私は唸《うな》った。

「ほんとに読めるんですか。読めている気がするだけじゃないんですか。もし読めるとしても、いいじゃないですか。それを気持ち悪いとか、嫌じゃないかとか、気にするほうがつらいと思います」

「よくなんかないわよ。相手の気持ちがわかっちゃうのよ。いい顔してても心の中では私のことを気持ち悪いと思ってるってわかったら嫌だと思わない？」

リムーバーをコットンに染み込ませ、白田さんのなめらかな肌の上をそっと滑らせる。

「えっと、私が今うれしいとか悲しいとか、そういう気持ちがわかるってことですか。だったらすごいと思います。私は今、すごくどきどきしてます。白田さんのお肌、とってもきれいです。さっきのメイクも完璧でしたが、私にどんな表情がつくれるか、楽しみです」

「……それだけ実況中継されたらたしかにもう何も読むものはないかもしれない」

白田さんは口を結んだ。丁寧に下地を塗り、ファンデーションをつけていきながら、ほんとうにどきどきしている。このひとをもっとこのひとらしくメイクしたい。

「馬場さんとは、どう？」

ぽつりと、まるでなんでもないことを聞くみたいに白田さんは囁いた。自分の心は相手に見せないひとだというけれど、意外にそうでもないらしい。その声がなんでもなさそうすぎて、かえってなんでもなくなんかないことが伝わってきた。

「よくしてもらっています」

感情を込めずに答える。相談もなく突然辞めたという。ようやく気持ちの整理がついたとはいえ、何もかもすっきりと晴れたわけでもないのだと思う。このひとはきっと馬場さんにややこしい感情を持っているのだろう。それは簡単には解けたりしないものなのかもしれない。

「彼女は凄腕でしょう」

ひときわ小さな声で白田さんは言った。

「わからないものよ」

「わからないものですね」

私も同意した。

「ただ、馬場さんには技術がありますよね。そして、裏表がないと思います。そういうところをお客さんも感じるんじゃないでしょうか」

「じゃあ何かしら、私には技術がなくて裏表があると」

「いえ、そんなつもりじゃありません。私は馬場さんしか知りませんし」

白田さんは自分でも自分の表と裏がわかっていないのかもしれない。

自分の表で何をしたいのか。自分を裏返してでも何を欲しているのか。――でも言えなかった。私自身もそうだったから。

「どうして占いなんですか」

至近距離で肌に触れているので、ほとんど囁くような声だ。ファンデーションの伸びがおそろしくいい。こんな肌は滅多にない。

「だってひとの気持ちがわかるんだもの」

「占いってひとの気持ちを当てるものとはまた違うような気がするんですが」

「ひとって気持ちを言い当ててもらったり、それを踏まえた上でこれからの指針になるようなことをちょっと言ってもらったりするのが好きなの。何も本格的に将来のことを教えてほしいわけじゃないのね」

光る粒子の入ったパウダーをはたく。このひとの魅力は静かな造形美ではないような気がしてきた。

「ここで働いてたとき、どんどん口がきけなくなっていったの」

眉を描いているときに、白田さんは淡々と言った。

「たとえば化粧水を買いに来たお客さんの肌を見て、これは保湿が必要だと判断するでしょう。ところが、そのひとの要望はさらっとした使い心地だったりする。ほんとうはしっとりタイプを勧めたいのに、本人がさっぱりタイプを希望してるとわかっちゃったら、どちらを勧めたらいいと思う？　もう何も言えなくなっちゃうでしょう」

「それは……」

言いかけてから、黙ってうなずいた。うなずくしかなかった。それはまじめすぎるのではないか。化粧品はもっと楽しく売ってもいいのではないか。でも、いつも迷いながらカウンターに立っている私にそんなことを口にする資格はないだろう。

「輪郭を引き締めて小顔に見せるジェルと、シワを消してハリのある肌に見せるジェルとが、同時に発売されたときも」

「はい」

美人顔につくった眉山をあえてぼかす。あまりシャープな印象にならないように。

「このひとはどう見てもシワを消すほうのジェルだろうなと思って見ていると、意外に小顔ジェルのほうを欲しがっていたりするのよ。お客様の問題はまずはシワのほうでは、と思っても言うわけにもいかないでしょう」

私の相槌も待たずに白田さんは続けた。

「口紅だってそうよ。ローズが似合うと思っても、オレンジが好きだって言われたらローズを勧めにくいじゃない。アドバイスしようとすると、あなたはいいわね生まれつき顔立ちが整っていて、私の気持ちなんてわからないでしょうって。だんだん話すのが怖くなっちゃったの。ビューティーパートナーって言ったって、しょせん対等なパートナーじゃないのよ。ビューティーパートナーにできることなんて何もないの」

そうですね、と聞いた。ビューラーで睫をカールしながら、マスカラを塗りながら。そうですよね、ほんとうにね、と相槌を打った。途中までは、ほんとうにそうだ、そういうことはよくある、と共感していたのだ。でも、だんだん気持ちが変わってきた。白田さんの言うがままにうなずいていたけれど、うなずいたからといって同意していたわけじゃない。ビューティーパートナーは何もできないなんて嘘だと思う。ただ、このひとは今、私にうなずいてほしいのだということがじんじん伝わってきた。

お客さんの話を聞いて、お客さんの気持ちに添えるよう、希望を叶えられるよう、できるだけ手助けするのが私たちビューティーパートナーの仕事だ。白田さんが話を聞いてうなずいてほしいのならいくらでもそうする。白田さんはきっと従順なビューティーパートナーだったのだろう。おとなしくてよく話を聞いているように見えて、自分の意見や考えを言いたくてしかたがなかったのかもしれない。このひとはほんとうはおとなしくない。今、占いという形で上手に自分の考えやアドバイスを紛れ込ませることができるようになって、心からほっとしているのだと思う。

広めの額を生かそう。額にかかっている前髪を分けて、おでこのすこやかさ、あかるさをもっと出したほうが白田さんの魅力が光る。おでこにさっとパールの入ったパウダーをはたく。白田さんはきれいなだけのお人形じゃないです。知性があって、主張もあります。だから、おでこを隠さないで。

一度辞めたこのカウンターへお客さんとして来るにあたっては、きっと相当の気合いを入れてきたに違いないと思う。元ビューティーパートナーとして、なにより先輩の馬場さんと対面するのだから、細心の注意を払ってメイクしてきたはずだ。口紅の色は尊重しよう。ほんとうはもう少しあかるい色のほうが似合うと思うけれど、白田さんが自分で選んだ色をそのまま使おう。

「口紅はR213BG2ですね？」

確認するとうなずいて、

「よくわかったわね」

とほめてくれた。

「私、唇の色が暗いから口紅の色が出にくいの。ここのシリーズは発色がよくて手放せないわ」

最後に、チークを入れて仕上げる。頬骨の高い位置から耳のほうまでわりと広めにピンクを入れてぼかす。きれいでかわいいけれど、おとなしいだけじゃない、ちゃんと主張のあるお嬢さんのイメージだ。

「いかがでしょう」

ケープをそっと外し、鏡を向けた。

「なに、この顔。いやだ、これ、私？」

鏡を覗いた顔は、迷える女の子の顔だ。でも、ちゃんと元気で、自分の足で歩いていこうとしている。そういうすこやかさを出したつもりだ。

「いちばん、今の白田さんらしいメイクにしました」

立ち上がって大きな鏡を覗いた白田さんの顔が、一瞬、歪んだ。それから、

「馬場さぁん」

甘えたような声を出して馬場さんを振り返った。

「なんか私、やりなおしたくなってきましたぁ」

ふざけて泣き真似をしているのかと思ったら、きれいな目からぽろりと一粒涙がこぼれた。

「すごくいいと思う。それが白田さんの顔でしょ」

馬場さんが白田さんの肩に手を置くと、白田さんはせっかくメイクをした顔をわっと崩し、馬場さんの胸に飛び込んだ。

＊

ちくちくちくちくちくちくちくちくちく。

秒針が音を立てて回る。ペンチを持つ手が震える。二本の導線のうち、正しいほうを切らなければ——爆発する。赤い線を切ればいいのか、それとも青か。ちくちくちくちくちく。

焦るな。落ち着け。全身に冷や汗をかきながら、私は考える。これまでに培った経験、技術、知恵、それに第六感なるものを加え、正しい答を弾き出す。赤だ。赤い導線を切ればいい。それが正解のはずだ。ちくちくちくちくちく。もう時間がない。私は力の入らなくなった手に必死の思いを込め、赤い導線を、切る。

「紫やろ、やっぱ」

そのひとは、あっさりと言った。

「パールの入ったやつ。それがいちばんあたしに似合うやろ」

「そう……かもしれませんね……ね」

語尾が曖昧になる。パール入りの紫が似合うなんて思いつかなかった。だいたい、このカウンターにそんな色はない。

勝負をかけたいときは、どの口紅がいいか。——それが彼女の質問だった。そして、私を見据えて付け加えたのだ。お手並み拝見、と。

そのひとことが効いた。何？　このひと、誰？　うろたえてしまった。眼光の鋭い彼女の前で余裕を失い、正解を出せなければビューティーパートナー失格、とまではいかなくとも大幅減点だという気がした。普段接しているお客さんとはまったく違うタイプだったからかもしれない。

「なんで？」

彼女はカウンターに頬杖をついたまま、黒く縁取られた目だけを上げた。肌は浅黒く、眉はぎりぎりまで細い。元ヤンという年齢だと思うが、まだまだ現役の今ヤンの印象だ。

「なんでほんな自信なさそなの」

「え、いえ」

目が泳ぎそうになるのを堪《こら》え、意識して口角を引き上げる。

自信なんてお天気みたいなものだ。白田さんにメイクをしてよろこばれたのは一瞬の虹みたいな奇跡だった。このひとに似合う口紅が浮かばない。晴れたと思えば、すぐに曇る。接客のコツをつかんだようなつもりでいても、お客さんは馬場さんにばかり集中する。お客さんの要望は赤か、青か、と必死に考えていたら、答は紫だったなんて今日みたいなこともしばしばだ。

「お客様のお好みはおひとりずつ違いますし、こ、個性的な方ほどお選びするのがむずかしくなります」

「ふーん」

身体を起こしながら、剃り込んだ眉を片側だけ上げる。

「まあいいわ。ここ、高いし。どうせあたしには買えん」

そう言って口紅の見本のパレットをこちらへ押しやり、スツールから下りる。それから、思い出したように、片手に提げていたビニル袋をカウンターに載せた。

「取っといて。これ」

「は、はい……？」

袋から何かぷーんと匂ってくる。にんにくと醬油が混じったような。

「あんた、これさえあればよろこぶって聞いたざ」

中に透明のパックが見える。入っているのは、どうやら、やっぱり、フードマートのからあげのようだ。

私は素直に頭を下げた。

「すみません、あのう、からあげさえあれば私がよろこぶと、いったいどなたが――」

聞きかけて、頭の中の煙幕の向こうにもよもよっと顔が現れるのが見える気がした。

「ハハ」

彼女は笑いもせず、赤茶けた髪をかきあげた。そして、小さくうなずいたかと思ったら、どうやらお辞儀だったらしい。

「その節はハハがお世話になりました。――大事なときにここでよくしてもらったんやって。できればあたしもここで何か買おうと思って来てみたんやけど、悪かったの。どうも趣味が合わんみたいや。気にせんといての」

ハハが母であることにようやく気づく。もしくは、義母か。からあげを買ってきてくれるということは、このひとがあの浜崎さんちの「みずえさん」なのか。

「その後、お元気でいらっしゃるでしょうか」

聞くと、大げさに肩をすくめてみせた。

「元気や。やかましいくらいやわ」

ああ、浜崎さんの初恋のだんなさんは亡くなったのだな、と思う。ほんとうに元気なら本人がここへ来ているはずだ。やかましいくらいの浜崎さんの空元気を、このひとはちゃんとわかってあげているらしい。

「どうぞよろしくお伝えください。また来てくださるのをここでお待ちしています」

「うん」

そのひとは背を向けかけて、もう一度こちらを見た。

「まだまだ」

「はい？」

微笑んで見送ろうとした私に、彼女ははっきりと宣言した。

「凄腕の美容部員やって聞いて来たけど、肩すかしやったわ。まだまだやざ、あんた」

あっけに取られて、銀色のピンヒールを履いた太めの後ろ姿を見送った。

「あらやだ、どうしたの」

馬場さんに小声で尋ねられて我に返った。

「え？　どうもしてませんけど」

「……気づいてないの？　泣いてるじゃない」

「ええっ」

慌てて拭ったらたしかに目尻が濡れている。

泣いているつもりなどなかった。いつのまにか勝手に涙が出ていたらしい。

「う、打たれ弱いんです、あたし」

「どんまい。どんまい。気にすることないわよ。でもね、打たれなくなったらおしまい。いつまでも打たれ弱いとだんだん誰も相手にしてくれなくなるから」

腹筋がぶるっと震えた。馬場さんはきっと正しい。たしかに、打たれ弱いなんて自分で言うのは甘えている証拠なのかもしれない。

「打たせて捕る、ですね。完封で押さえようとするんじゃなくて」

「そのたとえはちょっとよくわかんないけど」

馬場さんは接客用の笑顔を保ったまま話している。

「お客様はお客様。私たちは無理してわかろうとしなくていいんじゃないかな」

さすがだ。この飄々とした感じ、それでいて私の五倍は売り上げる手腕。なるほど、お客さんのことを無理にわかろうとしなくていいのか。

「馬場さん、今のお客様、見てました？」

「いらしたときにちらっと見たけど、どうして？」

「あのひとに似合う口紅って何色だと思いますか」

うーん、と興味のなさそうな声で馬場さんは言った。

「パープル。それも思いっきりパールの入ったやつ。もっとも、そういう系はうちの店にはないよね」

それから目にも留まらぬ速さでにこやかな笑顔をつくって一歩前へ歩み出た。

「いらっしゃいませ」

新しいお客様が馬場さんに引き寄せられていく。

気負うな。焦るな。馬場さんの栗色の髪が揺れるのを見ながら、自分に言い聞かせる。一歩一歩進んでいけばいい。一人前になったかのように思って胸を張っているると、こうだ。胸を張るな、ということか。胸を張って頭を垂れろ、ということか。なんだかむずかしい姿勢だ。

「白田さんてね」

この前、白田さんが帰ってから、馬場さんが話してくれた。

「聞き上手だったの」

「ひとの心が読めるって言ってましたね」

馬場さんはちょっと笑ってうなずいた。

「聞いているうちに、だんだん相手と同じ表情になってくるのよ。あれには驚いたわ。感応力っていうのか、共感力っていうのか、すごく高くてね。お客さんの気持ちになって、ほんとうにそのひとが必要としているものを選んであげることができたの」

すごいひとではないか。そんなひと、お客さんが放っておくはずがない。

「でも、まあ、ありていに言うと、売り上げはあまり上がらなかった」

「どうしてでしょう。お客さんに好かれたでしょうに」

「うん、どうしてなのかな。きれいになりたいって思うお客さんの心を因数分解していくと、何か根本の原因みたいなものに突き当たっちゃうんじゃないかしら。それで、化粧品ではあなたのほんとうのきれいさを引き出すことはできませんって、なんだかそんなことをお客さんにアドバイスしているのを聞いたことあるわ」

「げげ」

売り上げが上がらないはずだ。お客さんは、それで、どうしたのだろう。白田さんと一緒に別の道を考えたのか、こっそり別の店から買ったのか。

「ひとの気持ちにぴったり添うことだけが大事なんじゃないと思うのよ」

はい、とうなずいた。小さな声になった。

赤でも青でもない。白でも黒でもない。そういうことってすごく多いと思う。むしろ、そんなことばかりといってもいいくらいだ。じゃあどうすればいいのか。それがまだわからずに、私はカウンターに立ち続けている。

「自慢じゃないけど」

目を細めた馬場さんはとても自慢げだった。

「いい恋愛をすると、いい仕事ができるようになるのよ」

いやだなあ、馬場さん。恋愛なんて、私のまわりじゃ煙も立たない。そう思った途端、煙というより湯気のように淡い影が脳裏で揺れた気がした。ほんの一瞬のことだ。思いがけないイイオトコの笑顔は、すぐに消えて見えなくなった。


たとえば夏の終わりの夕暮れに、ふと人恋しくて、誰かに会いに飛んで行きたくなることがある。

そのときの、せつない感じによく似ていた。私はピンクのカウンターに立ちながら、なぜだか急に誰かに会いたくなってしまった。会いたい。今すぐに会いたい。それなのに、肝腎の誰になのか自分でもわからない。なんだろう、疼《うず》くようなこの気持ち。恋愛から遠ざかっていても平気だったのに、今は誰かの笑顔を間近で見たい。親しい誰か、大切な誰か。ふたりで顔を近づけて笑ったり話したり、それができないならそっとそばにいるだけでいい。

フロアにはたくさんのひとが行き交っている。向こうのカウンターにひとが訪れる。ひとがすれ違う。ひとが笑い、ひとが話している。なのに、ぜんぶ遠いところで起きているみたいだ。誰かに会いたくて居ても立ってもいられないような気持ち。でもそれが誰なのかわからなくてもどかしい。

どうしてこんな気持ちになったんだろう。仕事が思うようにいかないから。あるいは、今すぐに会いたい大切なひとが実際にはいないから。

「違う」

思わず口にして、顔を上げた。

誰かに会いたいのは、そんなネガティブな理由のせいじゃない。

Who is the girl with the crying face
Looking at millions of signs

今流れ始めた館内放送のせいだ。

ミズキ。メロディ・フェアがかかる頃、いつもここを通っていった強烈な存在。条件反射になっていたらしい。歌が流れると無意識にミズキの姿を捜してしまう。帰りに、病院に寄ろう。あの素直な、白くて小さい顔がほころぶのを見たい。それだけを考えて、折れそうな気持ちをなんとか立て直し、終業を待った。

病室のドアの脇に掲げられたネームプレートを確認する。真城ミズキ。暴れたような字は、自分で書いたわけでもないだろうに、まるでミズキそのひとのようで笑ってしまいそうになる。大部屋には、小さな音量でついているテレビや、消灯前に身のまわりを片づけているようなざわめきがあった。

ミズキが何をしているのかはわからない。左側のいちばん奥。淡いピンクのカーテンを開けた瞬間、私はぎょっとして棒立ちになった。大声を出さなかっただけ立派だったと思おう。何度か瞬きをして、そこにあるものを確認しようとした。そこに、そのベッドの上に横たわっているもの。その顔。

鉄仮面だった。パジャマを着て寝ているミズキは、しっかりといつもの濃すぎるメイクをして、目だけをこちらに向けていた。ふさふさしたつけ睫が異様だった。

「オッス」

「……オッス」

声に力が入らない。目を合わせられない。ミズキは機嫌の悪そうな声を出した。

「なによ、合い言葉忘れたの」

合い言葉を忘れたから不機嫌なのではないだろう。この不機嫌、無愛想。思えばずっとそうだった。いつもけらけらと笑っていた幼い頃のミズキが、どうしてこんなに笑わなくなってしまったんだろう。鉄仮面を被るからなのか、不機嫌だから被るのか。ミズキの鉄仮面を呆然と見やりながら、私は何も言えないでいた。

バッグにメイク道具をしのばせてきた。ベッドで、ミズキの顔にメイクをしてみせるつもりだった。ほんとうはこんなにいい顔なんだよ、こんな表情もつくれるんだよ。鏡を覗いてミズキが目を輝かせるところまで想像していた。

なんだか、すごくがっかりしている。前回見舞ったとき、ミズキのすっぴんを見て懐に飛び込めたような気持ちになっていたのに。あれは踵の怪我で相当弱っていたか、単に寝る直前でメイクを落としていただけだったのか。

入院しているベッドでまで完璧なメイクをせずにはいられないミズキの頑なさだとか、非常識さだとか、手に負えなさ、ミズキの抱えているものの深さを想像してしまった。

でも、それだけじゃない。私は白田さんにメイクをして、それがうまくいったからといって調子に乗っていただけなのかもしれない。ミズキをよろこばせたかったんじゃなくて、私自身がよろこびたかっただけなのかもしれない。意気込みがしょわしょわと蒸発していくのがわかる。こうして鉄仮面を目の前にしてみると、どこから話を切り出していいのか糸口さえつかめなかった。

「ど、どうしたの、結乃……痛っ」

ミズキがベッドの上で身を起こそうとして顔を歪める。それでも腕の位置を変え、もう一度上体を起こそうとした。

「ちょっと、無理しないで寝ててちょうだい。私はどうもしてないよ」

どうかしているのはミズキのそのフルメイクだ。

でもそういえば、仕事中にも似たようなことを言ったのを思い出した。私は、どうもしていないと。あのときは、どうしてたんだっけ。——そうだ、私、泣いてたんだ。

試しに手の甲で目元を拭ってみると、

「うわっ、濡れてる！」

驚く私に、ミズキが同情に満ちた目を向ける。

「ねえ、結乃。自分が泣いてるかどうかもわからないなんて、あんた疲れすぎだよ。だいじょうぶなの」

声がほんとうに心配そうで、なんだかわけがわからない。鉄仮面が心配するなんて似合わないし、心配してるのに鉄仮面だなんておかしいし。

私は、思い切ってベッドのすぐ脇までずいっと寄った。ミズキを真上から見下ろす恰好になった。

「ぜんぜんだいじょうぶじゃないよ。ミズキこそ、駄目だよ、そんなメイク」

言ってから、自分の口を押さえたくなった。このメイクは駄目だ。鉄仮面じゃ駄目だ。そんなことを口に出したのは初めてだった。ミズキが気を悪くしないわけがない。

しかしミズキは顔色を変えなかった。もっとも、変えても鉄仮面ではわからなかったかもしれない。堂々とこちらを見ているミズキを前に、私がひるむわけにはいかないと思った。肩に掛けていたトートバッグをシーツの上に載せた。

「ミズキ、お願い、今だけ私にまかせて」

「何をまかせるのよ、そんな泣き顔のひとに」

「いいから、まかせて」

バッグの中からメイク道具一式の入ったバニティケースを出す。まずは、メイク落としのクリームからだ。キャップを取って、チューブを搾ろうとしたところでミズキが低い声を出した。

「ちょっと、それ、どうするつもり」

「だいじょうぶ、私にまかせて」

「まかせらんない。まず涙を拭いてからじゃないと」

私はベッドの足下のほうに寄せてあるサイドテーブルからティッシュの箱を取って、涙を拭き、ついでに鼻をかみ、それから丸椅子を持ってきて腰を下ろした。

「じゃあ、メイクを落とさせてね。それからビューティーパートナーの結乃さまがメイクし直してあげる」

「あたしこそ、結乃のそのよれよれのマスカラをつけ直してあげたいくらいだよ」

ふざけたことでも話していないと緊張して手に余計な力が入ってしまいそうだった。

ミズキの鉄仮面を私が落とす。涙がよかったのか、取れかけたマスカラが効いたのか、それとも、何だろう。こんなにすんなりとメイクに触れさせてくれるとは思わなかった。

きっとミズキも緊張しているのだと思う。怒ったような顔で目を閉じている、その睫が細かく震えている。もしかして、ミズキ自身も迷っていたのだろうか。鉄仮面が完璧だとは思っていなかったんじゃないか。クリームを多めに取って顔に置き、くるくると伸ばしていく。おでこ、頬、鼻、顎。ローションをつけたコットンで拭き取ると、油の絵の具みたいな肌色がべっとりとついた。

「ミズキ」

「ん」

閉じたままの口では返事のしようもないのだろう。チャンスだ。

「ちょっとファンデーション濃いめなんじゃない」

濃いめどころではない。どろどろのエスプレッソのように濃い。おいしいもまずいもなく、ぺっ、濃いぜ、と吐き出したくなるような濃さだ。

「ん」

「落とすのも大変でしょう」

「ん」

もう一度、クリームを伸ばす。今度はさっきより心持ち少なめだ。

「ミズキ、ファンデーション取ったら、肌きれいだよ」

「ん」

くるくる、くるくるくる。やっと、本来の地肌の色が現れた。ほんとに、ちゃんと、きれいだ。ファンデーションで隠してしまうのはもったいない。

「ねえミズキ、ファンデーション薄くして――」

薄くしてみない？　と言うつもりだった。途中で、ガシッと手首をつかまれた。

「あんたちょっとうるさいよ。喋りすぎ」

「――ごめん」

それからは黙ってクリームを伸ばした。指の腹でやわらかく円を描くことで、マッサージ効果もある。カウンターにいるときは、マッサージの名手である馬場さんの陰でなかなかお呼びがかからなかった。今、いちばん厳しいお客さんに技量を試されているような気分だ。ミズキに合格判定をもらえれば、少しは自信を持っていいかもしれない。

しかし、ミズキも黙ったままだった。丁寧に丁寧にマッサージをした後、コットンでクリームを拭き取る。本来ならここで一度顔を洗いたいところだが、今はとりあえず蒸しタオルで顔を拭いておこう。

「ちょっと待っててね」

ハンドタオルを持って給湯室へ行き、お湯を借りてタオルを浸した。熱いままそれを絞って、急いで病室に戻る。

「少し熱いけど、載せるよー」

もう口を開くことができないわけでもないだろうに、ミズキは小さく返事をした。

「ん」

そのまま、三分ほど待つ。

「気持ちいい？」

「ん」

もう一分ほど待った。

「どう？」

「ん」

「そろそろタオル取るね」

ミズキは再び私の手首をガシッとつかんだ。

「このままにしといて」

「ん」

「裸になるような感じなんだよ」

「え」

「お化粧してないとね、裸で人前に出るような感じがしちゃうんだ」

ミズキはタオルを顔に載せ、私の手首をつかんだまま囁くような声で話した。

「もしくは、すっぴんで人前に出る感じ」

そのまんまだよ、と思ったけど口には出さなかった。

ミズキは私の返事を待っているわけでもないらしい。

「ズンズンって覚えてる？」

「え……と、わかんない。何だっけ」

「ほら、三年のとき同じクラスだった、いちばん人気のあった男子だよ。いたじゃない、走るの速くて、面白いことばっかり言ってたズンズン」

「ちょっと思い出せないや、ごめん。その子がどうしたの」

「うん、ズンズンがね、実はあたしのこと好きだったんだよ」

「あ、そうなんだ。へえ、それはよかった」

手首を握る力がぎゅっと強くなった。

「よくないんだよ、それがぁ。ズンズンね、四年生まであたしにまとわりついてたくせに、五年生になったとたん、女の子はかわいくなくちゃって言い出したんだ」

「ふーん」

「ズンズンだけじゃなかった。なんか急にクラスの価値基準がひっくり返った感じだった」

ミズキはしばらく黙った。私はズンズンのことを思い出せなかったけれど、ズンズンと呼ばれる時点でそうたいした男子ではないような気がした。

「ひっくり返った基準は、ついにそのまま元に戻らなかった」

やけに重々しい口調だった。タオルでミズキの目が塞がれているのは好都合だ。どんな顔をして聞いていればいいのかわからない。ひっくり返ったという基準で測ると、ミズキは外へはみだしていたのだろうか。いつも楽しそうに笑っていたミズキが、急に笑えなくなっていくようすが脳裏に浮かんだ。

「男子にとっては結局、女子はかわいければいいんだよね」

私の返事を待たずに続ける。

「それでまた女子がさ」

もしもうちょっとだけ間を取ってくれていたら、私にも言いたいことがあった。でもミズキは話し続けた。

「そこに照準を合わせるわけだよ、かわいければいいってとこに。中学に入ったらますますかわいさが幅を利かすようになって、ううん、社会人になったってかわいさ至上主義だよね。いろんなひとがいて、いろんな基準があるはずなのに、かわいいのがいちばんカチなんだ。あ、今の、勝ち負けのカチだから。価値基準のカチじゃなくて」

ご丁寧に説明を加えてから、一度咳払いをした。

「それであたし、強くなりたいと思ったんだ」

世間の価値基準を自ら外れようと考えたらしい。

「男子はよく力を競いたがるでしょう。強ければ強いほどいい、みたいに鍛えまくったりしてさ。だったらあたしはその頂点に立とうと思ったの。ヘビー級のチャンピオンだよ。かわいくして選んでもらうより、有無を言わさず強くなればあたしのカチじゃない」

そこまで一気に喋ると、口を噤《つぐ》んだ。私も、さっき言いそびれた言葉を飲み込んだ。ミズキの思いを一度ぜんぶ吐き出してもらうほうがいい気がした。

「ねえ、世界征服、したいと思わない？」

タオルを顔に載せ、左手で私の手首をつかみ、ベッドに横たわっているミズキはひどく弱々しく見えた。

「思わない」

「どうしてよ。価値をもう一度ひっくり返すんだよ。取り戻すんだ。意義のあることだと思うけど」

「わざわざひっくり返さなくてもいいじゃない。ミズキが気がついていないだけで、いろんな価値の基準がちゃんとあるよ。それに、頂点に立てばしあわせだなんて限らないよ。底辺でもいろんなしあわせがあるもん」

「頂点を極めてもいないのにどうしてそんなことが言えるの。結乃に何がわかるの」

「わかるよ。私はこないだここでミズキとプリンを食べたとき、しあわせだったよ」

くっ、とミズキの口から声にならない声が漏れた。笑ったのだろうか。それとも悔しいのくっだろうか。

「結乃、あんた、小さすぎる。世界征服したらプリンなんか百個だって食べられる。私とじゃなくて、どんな憧れの有名人とでもプリン食べられるんだよ」

「ズンズンとでも」

「ズンズンは今関係ないから」

「関係あるよ。ミズキはズンズンにリベンジしたいだけなんだ。ズンズンを振り向かせたい、跪《ひざまず》かせたい、ねじ伏せたい、って願ってるんだよ。ズンズンにかわいいって言ってほしかったんだ。十歳の頃の失恋に囚われてるなんて、不自由でぜんぜん強くないじゃん」

言ったそばから、言い過ぎた、と思った。実際、言い過ぎだろう。入院している友達の枕元で、痛恨の失恋を蒸し返して蹴飛ばした上、着地点まで走っていって踏みにじったようなものだ。

ミズキの顔は相変わらず見えなかったけれど、口元がへの字になっているのだけはわかった。明らかに気分を害している。あたりまえだ、私が悪かった。

「ごめん。思ってたのと違うこと言った。ほんとはズンズンなんかどうでもよくて、私はミズキと笑いながらプリンを一個食べられたらそれでしあわせだって、世界征服したような気持ちになれるって言いたかったんだ」

「ぜんっぜん違うが。あたしの望みとは違いすぎるが」

ミズキが鼻声になっている。怒って泣いているのかもしれない。でも、この際、さっき言いそびれたことを言ってしまおうと思った。

「ミズキは、かわいかったよ」

「……嘘や」

「嘘でない。いつも笑ってて楽しそうでやさしくって強くって、ミズキはかわいかった」

小学三年生のときの話だけど、と心の中で付け足す。

生きる気力に満ちていた小学三年生のミズキはかわいかった。その後のミズキ、たとえば五年生のミズキを、私は知らない。今のミズキをかわいいと言えるのかどうか、それもわからない。

だけど、そもそも容姿がかわいいかどうかが問題なのではない。むしろそこを基準に据えることが問題なんだろう。「かわいい」にもいろいろあるはずだ。少なくとも「強い」と対義語ではないと思う。

「今のミズキは、精いっぱい頑張れるだけ頑張ってて、そこがすごいと思う。そういうのをかわいいって言うんかもしれん」

ミズキは相変わらずへの字口をしていた。こんなにそばにいて、手首でつながっていて、それでも心の中のことまでは伝わらない。ミズキが今どんな気持ちでいるのかわからなかった。相変わらずだなあ、と思う。近しいひとの気持ちだってわからないのだ。お客さんの気持ちなんてわかるわけもない。

つないでいないほうの手が動いたかと思うと、ミズキはあっさりと顔のタオルを取った。蒸しタオルでふやけたのか、色が白くなり、目も鼻も輪郭が弱くなってあどけなく見える。その目は、ぜんぜんこちらを見ていなかった。

「プリンは」

「うん」

「うんでないやろ、今日はプリンはどうしたの」

「あ、ごめん。遅かったで買えんかった」

ミズキはわざとらしくため息をついた。

「あかんが。プリンがないと」

「あかんか」

「結乃の言う世界征服、小っさすぎて信じれん」

「うん。私も、自信ないし。——けど、やりたいことやってるとき、好きなこと好きなようにやってるとき、小っさくても世界を手にしてる実感あると思わん?」

ああ、今、手首からミズキに伝わっている。私が私の世界をつかもうとしている、そのドキドキが脈になって伝わっている。

「もっかい試してみよっさ」

「どんな世界があるんか。私らが笑えるのはどんな世界なんか」

私ら、と言われたことがちょっと引っかかった。ミズキ、私はもう笑ってるよ。

私はこの世界の小っさいところから歩いていくよ。

「はーい、お疲れさま、そこまでー」

シャーッとカーテンが開けられて、巡回の看護師さんが立っていた。

「とっくに面会時間も消灯時間も過ぎています。真城さん、お熱は計りました？」

「あっ、すいません」

「すいません、すぐ帰ります」

あわてて立ち上がった私に、看護師さんが微笑んだ。

「今度、私にもマッサージとメイクしてちょうだる？」

＊

外は雨らしい。さっき館内放送で『雨にぬれても』がかかっていた。この町はこの季節に晴れることなど滅多にないから、しょっちゅうこの曲を聞くことになる。まだ降っているのだろうか。お客さんたちの服が濡れ、靴が濡れ、フロアが滑りやすくなっている。

Who is the girl with the crying face
Looking at millions of signs

メロディ・フェアが流れて、馬場さんがそれとなく帰り支度を始めた。ミズキは来ない。

とっくに退院しているはずだった。それなのに姿を見せないのは何か思うところがあるのだろう。もしかして、職場を変わったのかもしれない。ともかくミズキが連絡をくれるのを気長に待とうと思う。

「じゃ、お先に」

馬場さんが小さく手を振る。

最近は、少し慣れてきた。ひとりでこうしてカウンターに残されることにも、ミズキが来ないことにも、そして、お客さんが来ようとも、来なくとも。マネジャーが来ようとも、来なくとも。

マネジャーはときどきふらりと現れる。雨で肩を濡らしたスーツ姿で近づいてくるのが見えたとき、なぜか家の台所で料理をしているところを想像してしまった。こちらを見てにこっと笑った福井研一から甘じょっぱい匂いが漂ってきた気がしたのだ。毎日のおいしい晩ごはんのような匂い。つい、頬がゆるんでしまった。

ひとたらしとはよく言ったものだ。たとえばスープをつくっていて、何かもうひと味足りないときにちょっと醤油をひとたらし、それでぱきっと味が決まることがある。人間どころか猫の子いっぴきたらしたことありません、というのうのうとした顔を見ると、このひとは醤油のひとたらしみたいなものかなと思う。

「その後、どうですか」

カウンターまで来たかと思うと、相変わらず答えようのない質問を平気で投げかけてきた。私はもう、このひとから得点を稼ごうとか、売り上げ不足を愛嬌でカバーしようとか思わない。ずれたところもおおいにあるが、自然に話せば自然に返ってくる。自然に振る舞える相手だともいえた。

「その後、寒椿が咲いていています」

ほう、と福井研一はうなずいてみせる。たぶん、うちの庭の花になど興味もないくせにだ。

「意外に虫がつきやすいんですよ」

駄目押しでそう言って、さて、だ。今日の用件はなんだろう。またいつもの巡回だろうか。

「実は」

福井研一はひとつ咳払いをした。

「言いそびれていたことがありました」

これもよくあることだ。このひとは話を引っ張る。前回現れたときの話題をいきなり続けたり、終わったはずの話に間違いがあったからといって蒸し返したりする。

「お先に失礼しまぁす」

馬場さんが愛想たっぷりにお辞儀をして脇を通り抜けても、あまり表情は変わらない。

「お疲れさまでした」

淡々とお辞儀をして、こちらに向き直った。

「小宮山さんはそのままでいいんです」

その声が耳に届いたと見え、去っていく馬場さんの背中がぴくりと跳ねた。

ああ、まずい。明日、面倒くさいことになるに違いない。

「おかしなところで切らないでください」

私は福井研一に半歩詰め寄った。もちろん、口角は上げたままだ。

「おかしいですか」

福井研一は聞き返してきた。

「が、でしょう。いつか、そのままでいいんですが、っておっしゃってましたよね」

馬場さんを意識してはっきりと話す。が、の後が問題なのだ。そのままでいいんですが、もっとがんばってください。そのままでいいんですが、売り上げを上げてください。おおかたそんな話だろう。

「よく覚えていてくれましたね。そのままでいいんですが、の先を言いそびれていました。勇気が出なかったんです」

「えっ」

勇気が必要な展開だったとは、思っていたより深刻な話だったらしい。

「いいです、いいです、こんなところで勇気なんて出さなくていいんです」

私は慌てて断った。

「その勇気、どうぞ大事に取っておいてください、いつかのために」

せっかく仕事に慣れて面白くなってきたところなのに、あんまり士気をそがれるようなことを言われるのは困る。配置換えだとか異動だとかほのめかされるのも嫌だ。私はここで化粧品を売るのだ。これからもこのカウンターでひとをきれいにしたいのだ。

マネジャーの立場を考えれば、そんな都合は聞き入れられなくて当然だと思う。販売実績が伸びないのは事実だ。だけど、黙って受け入れるわけにはいかなかった。

「がんばりますから、もう少しだけ見ていてもらえませんか」

福井研一の顔に水たまりみたいな笑みが広がった。

「もちろんです、僕はずっと見ています。小宮山さん、あなたはそのままでいいんですが、できればときどき食事など一緒にどうですか」

「は？」

その「が」の使い方、間違ってるんじゃないだろうか。

なんと答えようかと思ったとき、カウンターにお客さんが現れた。

「いらっしゃいませ」

自分の出した声のトーンで、気持ちが弾んでいるのがわかる。甘じょっぱいというより甘ずっぱい匂いが私の胸に満ちてくる。このお客さんをきれいにし終えたら、あのひとたらしにどんな笑顔を向けようか。

＊

珠美と話したい。ずっとそう思っていた。

ちょっと話したいんだけど、と声を掛ける。そんな簡単なことがどうしてできないんだろう。かまえるからいけないのか。ごはんを食べながら、テレビを観ながら、普通に自然にしていれば、話をしたいなんて言わなくても話せるはずなのに。

同じ家に住んでいながら、あまり顔を合わせる機会がなかった。大学生とビューティーパートナーの生活時間帯は、意外に合わない。珠美が勤勉すぎるせいだろう。朝はちゃんと早起きして一限から出席しているようだし、夜はたいてい母とふたりで夕飯を食べているらしい。そして、たまにバイト。朝も夜も遅めになる私とは、すれ違いになることが多かった。

だから、帰宅して、食卓に珠美がすわってお茶を飲みながら新聞を読んでいるのを見つけたときは、ちょっと驚いてしまった。咄嗟に何を言えばいいのか出てこなくて、後ろ足だけで立ち上がった犬みたいに不恰好に立っていたと思う。

「ただいま」

とりあえず声を掛けると、珠美は顔を上げた。

「おかえり。今日、お母さん、パートのひとの送別会やって」

「そうなんだ。じゃあ、ごはんないの？」

「カレー」

珠美は顎でコンロの上の大鍋を指すと、

「いつもどおり、甘いわ」

と笑った。

母のカレーはいつも甘ったるい。家にいるのは大人ばかりなのに、どこかで甘口から辛口に切り替えるタイミングを逃してしまったらしい。あるいは、もしかして、私たちをいつまでも子どもだと思っていたいなどということもありえるだろうか。まさか、そんなことはないはずだ。早く結婚してほしい感ありありの発言をしょっちゅう繰り出す母だ。

「辛口がよければ、自分でつくりなさいってことなのかな」

鍋を温めながら思いついたことを口にしてみたら、珠美はあっさりと首を横に振った。

「いや、単にお母さんが甘口が好きなんやと思うわ。あのひとはけっこう自分の好みを貫くね」

よし、と拳を握った。よし、行ける。どこへ行けるのかはよくわからないが、今夜は珠美と話せそうだ。

カレーを食べながら、何気ない会話をこのまま珠美と続けよう。

そう思ったのに、カレーをよそって席に着いた私の口から出たのは自分でも思いがけないひとことだった。

「珠美、メイクさせてくれん？」

珠美は新聞に目を落としたまま、露骨に眉間に皺を寄せた。

私は慌ててスプーンを口に運んだ。甘い。どうしていきなりメイクをさせてくれないかなんて言ってしまったんだろう。たしかに、メイクをさせてほしいとはずっと思っていたけれど、今はまだ早い。メイク嫌いの珠美に拒絶されてもしかたがない。

「お姉ちゃん」

テーブルを挟んで、珠美は大仰にため息をついた。

「何度も言ってると思うけど、私は化粧はせんの。見かけよりも中身が大事やと思ってる」

新聞を畳むと、椅子から立ち上がってしまった。

「待って」

ここでチャンスを逃したら、次はいつになるだろう。

「珠美は――」

何を言えばいいのかわからない。でも、私たちがもっとわかりあうためには、メイクをさせてもらうのがいちばんいい。珠美に私の仕事を知ってもらいたい。珠美をきれいにしてあげたい。珠美に感心されたい。そういう気持ちがあるのも確かだけれど、なにより、メイクをすることで珠美の肌に私の手が触れる、それだけで私たちの間に通い合うものが生まれるのではないか。

「――珠美は、もっと珠美らしくなれる」

背を向けかけていた珠美がゆっくりと振り返った。あどけなさの残る目元に、不敵な笑みが光った。

「珠美らしくって、お姉ちゃん、それどういう意味？」

右手に持ったままのスプーンが、カレー皿に当たって鈍い音を立てた。

結果は初めから見えていた。昔から珠美はいつも賢くて、正しくて、しっかり者だった。普段は口数も多くなく決して好戦的でもないが、一度こうと決めたら手強い。理屈は筋が通っていてブレがない。畳みかけるように正論を放ち、いつのまにかどんな反論の芽も摘まれてしまう。対立したときに負かされるのは常に姉である私のほうだった。

「ねえ、私らしさって何？　私にもわからんのに、お姉ちゃんにわかるの？」

珠美に出せない答が私にわかるわけがない。

観念してスプーンを放した。匙を投げる、ってこういうことを言うんだなあ。そう思いかけて、慌てて空の右手をぎゅっと握る。ここで投げちゃいけない。

珠美にわからなくて私にわかるもの。もしもそんなものがあるとしたら――当の珠美のことだけだ。

うまく言葉になりそうになかった。でも、なんとか伝えなければならない。

「珠美は珠美の中のひとだから、中のことは珠美に任せる。でもね、外から見る珠美は珠美にはわからないよね」

外から見る珠美も、また珠美なのだ。珠美は気づくべきだ。私から見える珠美。珠美の知らない珠美。珠美の気づかない珠美のしぐさ、表情、ふるまい。それは案外珠美自身を語っている。

「珠美のよさを、私なら引き出してあげられる」

もっと気の利いた台詞があったはずだ。なんでこんな偉そうな言い方になってしまうんだろう。姉として生きるのってけっこうむずかしいと思う。

「いらんわ。私は私やもん。お姉ちゃんに引き出せるものがあるとは思えん」

案の定、反発された。私も必死だ。

「珠美がいちばん素直に自分を出せるように、って思うんだ。気持ちよくいられるのが珠美らしいってことなんじゃないかな」

「すっぴんより私らしい私がいるかし」

言葉じゃやっぱり、負けそうだ。そう思ったとき、玄関の戸が開く音が聞こえた。母が帰ってきたようだ。足音が近づいてくる。

「どうしたんやの、ふたり揃って」

母はテーブルを挟んで向かい合っている私たちを見て足を止めた。

「メイクやと。お姉ちゃんが私にメイクしてあげるってさ」

「してあげるなんて言ってないもん。させてほしいって言っただけやし」

「あら」

母はほんのり赤い顔をほころばせた。

「珠美、やってもらいねの。あんたはお化粧のひとつもせんで、心配やったざ」

珠美が驚いたように母を見ている。私も母の反応が意外だった。母はこざっぱりとした服を着て最小限のメイクしかしないひとだ。パウダーをはたき、眉を描き足すくらいだろう。濃い口紅をつけているのを見たこともないし、興味もないのだとい。


思っていた。それでも、年頃になった娘に対してはお化粧を勧めたりするものらしい。

「そろそろいいやろ。結乃がビューティーパートナーなんて奇天烈《きてれつ》な仕事始めたときはどうなることやと思ってたけど、のう、珠美。結乃もがんばってるみたいやし、折れてあげたらどうやの」

折れてあげたらと言われるのも本意ではない。でも、母がそんなふうに思っていてくれたなんて知らなかった。

「ほら、はよカレー食べて、珠美にメイクしてやってま。お母さんちょっとお風呂入ってきてまうわ。お先にぃ」

機嫌よくお風呂場のほうへ行ってしまった母に聞こえないように、珠美は声を落とした。

「いやや」

「でも、珠美。珠美だって服は着てるじゃない」

慎重に話を進める。

「あたりまえや。何言ってるの。ひととして、服は着るわ」

「そこに珠美の趣味や好みや主張が入ってるやろ」

「べつにあたしは主義主張で服を着るわけでない。服にそんなこだわりはないし、服に自分を託すつもりもない」

そう言って珠美は今さらのように私の服を上から下までじろじろと見た。

「ひとは外見で決まるわけでない。大事なのは中身や。珠美はそう思ってるんやよね」

慎重に、慎重に。無駄に反論されたくなかった。

「ほんなら珠美に私の服を貸すで、着てみてくれる？」

「いやや」

即座に否定された。

「お姉ちゃんの服は着とない。そんな流行りっぽい、頭悪そうな服」

「ほら」

うれしそうな私を見て、すぐに気づいたらしい。珠美はしまったという顔になった。

「選んでるんだよ、外見も」

「阿呆に見えんように、最低限はね」

しぶしぶ認めた。

「珠美が服やメイクにとらわれたくない気持ちはわかる。私かって、そうやもん」

額に珠美の冷ややかな視線を感じた。いつものひとことが今にも飛び出しそうだ。

――お姉ちゃんに何がわかるの？

私がそのひとことに弱いのを知っていて言うのだと思う。

そうだね、珠美、私にはあんたのことがよくわからないよ。珠美と私とでは性格も好きなものも考え方もまったく違う。違うってことだけはわかる。だから、全部わかりあいたいなんて思わない。ちょっとだけでいい。ちょっとでもわかりあえれば、それで一緒に暮らしていける。

「とらわれるんでなくて、メイクで自由になるの。好きな自分になるんや」

顔を上げて話す勇気はなかった。床を踏んでしっかりと立っている妹の足の指先だけを見ていた。中身で勝負したい、外見を気にしたくない。その考えは、正しいだろう。むしろ立派な考えだと思う。私の言葉は、正しい珠美に届くだろうか。

「あんたはほんの少しメイクするだけで、うんときれいになれる」

親指がぴくんと持ち上がったのが見えた。ああ、駄目だ。へたくそなスカウトみたいだ。

フフン、と珠美は笑った。

「ほな、やってみてま」

「……へ」

「さっさとやってみてって言ってるんやし。ほんの少しでうんときれいになるんやろ？　やってみてま」

「あ、ああ」

慌ててメイク道具を取りに行く。

テーブルに大きな鏡を立てる。その前に珠美をすわらせ、私は珠美の後ろに立つ。珠美の首にケープを掛けたとき、腕がぶるぶるっと震えた。緊張しているんじゃない、武者震いだ。珠美、行くよ。

前髪をピンで留め、顔全体に乳液を伸ばす。丁寧に顔を剃り、眉の形を整える。ささっと終えないと文句を言われるかと思ったが、珠美は目を閉じたまま黙っている。

ほんの少し、と言ったのは嘘ではない。私たち姉妹は顔立ちは似ていると言われるけれど、ほんとうは珠美のほうが何もかも大ぶりだ。元来はっきりしたパーツを持っているのだから、すっぴんの野放し状態に「ほんの少し」手を加えるだけで見違えるようにきれいになるはずだ。

ファンデーションはごく薄く。顔色がよくなって肌があかるく見える。それだけできれい度はかなり上がる。眉ももともとしっかりしているから、形さえ整えればあまり手直しはいらない。アイラインもいらないだろう。その代わり、二重の際にシャドウを入れる。色を載せるというより陰影をつける感じだ。さらに、マスカラを外側だけ重ねづけする。外側の睫を長く見せることによって、目元がくっきりと印象づけられる上、顔が立体的に見える効果がある。

「あとはチークくらいかな」

顔全体のバランスを見ながら私が言うと、珠美が口を尖らせた。

「ほんの少しって言ったがの。チークまで入れたらフルメイクやわ」

「でもね、チークは大事。入れたほうがずっとナチュラルに見えるの。肌もきれいに見える。不思議やよね」

チークってマジックだと思う。そのひと刷毛をどこに入れるかで、顔の雰囲気がまるで変わってしまう。

「珠美は何もしなくても理知的に見えるから、ちょっとやわらかい感じを出してみてもいいんじゃないかな」

淡いピンクを頬骨の上でまるくぼかし、そのまま耳もとのほうへ伸ばす。年相応の若々しさとかわいらしさと、あとは珠美自身からにじみ出る知性とが混じって魅力になるだろう。

「統計によると、自分に似合ったナチュラルメイクをしてるときが、いちばんリラックスできるんだって」

「どこの統計やし」

否定的なことを言いながらも、珠美の口調は軽かった。

よかった。とりあえず、このメイクを気に入ってくれたみたいだ。それもそのはずだ。鏡の中の珠美は、目に見えてきれいになっている。文字通り目に見えるのだから、気分が悪いわけがない。

よかった。私もうれしかった。珠美がきれいになるのが、そしてそれをこの手で助けることができるのが。

「口紅はどうする？」

どの色にするかと聞いたつもりだった。しかし、珠美は、

「いいわ、口紅は」

すげなく答えた。

「いいわって、どうして？　あ、自分のを使いたい？」

鏡の中の珠美が目を逸らす。何か、口の中でつぶやいたようにも見えた。

「何か言った？」

促すと、珠美は伏せていた目を上げた。はっきりと不機嫌そうだった。

「口紅は、いらんの。つけたくない」

こういうことが何度もあったような気がする。口紅は、鬼門だ。口紅のせいで、みるみるうちに機嫌を悪くする家族を見てきた。それでも、どうしようもなかったのだ。私は口紅が好きだった。説明できるような理由はない。ただ、口紅と、それをつけたときの高揚感が、痺れるほど好きだった。

家族——母と妹——は口紅を嫌っていて、それはたぶんもうひとりの家族だった父と結びついている。だから、遠慮してきた。避けてきたと言ってもいい。三人でうまくやっていくために、口紅と、そこにまつわる負の記憶を迂回して暮らした。

私が口紅に惹かれるのは、ただの好みだ。なぜか好き。わけもなく好き。本能的に好き。でも、それだけじゃ説得できない。母と珠美が口紅を嫌うにはきっと理由がある。それなら、そちらを尊重すべきだろう。理由のある側に合わせるほうがいい。好きよりも嫌いなひとに合わせるほうが波風が立たない。おまけに多数決でも敵わない。黙るしかなかった。でも。

「でも、口紅だけつけんのは、かえって不自然やよ。今はすごく自然な色もあるから、つけたほうが断然いいと思う」

帰ってきた。遠慮して、避けて、面倒になって逃げ出したこの家に、私はもう一度戻ってきた。それも、化粧品カウンターのビューティーパートナーという仕事を選んで。

黙っているだけじゃ、ずっとこのままだ。筋の通った理由がなくても、いや、理由がないからこそ、これが私だと思う。口紅が好き、メイクが好きな私を、隠さず、恥じず、開き直ることもなく、ただ認めてほしいと思った。

口紅以外のメイクを終えた珠美が鏡の中で黙ってこちらを見ている。

「珠美らしい色が何色かはわからんけど、珠美に似合う色ならわかる。それをつけてもいい？」

「えらい自信やの」

皮肉っぽく笑う。自信がないのは私だけじゃない。きっと珠美も、今、どきどきしている。

「この色、普段なら選ばんと思うけど」

迷いはなかった。私は口紅を筆に取りながらやっぱり緊張して指に力が入らない。

こんな派手な色、と珠美は嫌がるかもしれない。だけど、間違いなく似合う。かまってこなかったから本人も気づいていないのだろうが、珠美は化粧映えのする華やかな顔立ちをしている。真っ赤な口紅でばちっと印象が変わるところを見せてあげたかった。

ところが、唇に紅を載せたとたん、私たちは鏡の中で目を合わせた。

おねえちゃん、と呼ぶ声が聞こえた気がする。目の前の珠美からではない。ずっと昔の、幼い頃の珠美の声だ。ゆらゆらと古い記憶が浮かび上がってこようとしている。その声は、おかあさん、とも呼んだ。おかあさん。おねえちゃん。

あれは、いつだったたっけ。私はどうして暗い場所に身を潜めていたんだっけ。

赤い口紅で彩られた唇で、よみがえった光景があった。珠美も同じだったのだろう。しばらく私たちはそのまま黙っていた。珠美と私は確かに似ていた。唇の形がそっくりだった。この、赤い唇。あのときだ。あのときの光景だ。

珠美の瞳が揺れた。怒っているのか。悲しいのか。鏡越しには読み取れなかった。ただ怒っているのでもない、悲しいのでもない、もっと幼いままの感情を持て余しているように見えた。もう封じ込めておくことはできない。記憶が鮮やかに身を起こす。

薄暗い部屋の隅で、口紅を引く私。つやつやとした赤。母の鏡台から取ってきたのだったか。それで隠れてつけたのだったか。ほとんど新品で、使った形跡がなかったのを覚えている。

あの後ろめたさはなんだったのだろう。私はどうしてあれほど罪の意識を感じたのだろう。そして、私を見つけた母はどうしてあれほど怒ったのだろう。もしかしてあれは父が母のために、あるいは母が父の気に入るように買った口紅だったのだろうか。結局母がそれを使うことは一度もなかったと思う。

わかっていた。私は、赤い口紅に、父が一緒に去った相手を感じ取っていた。そのなまめかしさ、質素な母とは正反対の艶《あで》やかさ。生理的な嫌悪感に逆流するように、赤い口紅に手が伸びた。母に対する裏切りではないかと怖かった。それでも、つけてみたい。この赤を身に纏《まと》ってみたい。欲望の強さには敵わなかった。私は引き裂かれそうだった。

そのひとを見たのは一度きりだ。夕暮れどきに家のすぐ近くの公園でずっとブランコにすわって揺れている女のひとがいた。幼かった珠美と手をつないで私はその公園を横切った。それだけだ。夜になって父と母の諍《いさか》いを聞き、私にはわかってしまった。あのブランコのひと。顔ははっきりとは覚えていない。髪が長かった。口紅が赤かった。艶やかで、匂い立つようで、ぞくぞくした。母も彼女を見たのだろうか。だから、隠れて口紅をつける娘に自分を否定されたように感じたのだろうか。母の鬼のような形相を見たのは、後にも先にもあのときだけだ。真っ赤な口紅をつけて振り返った私に、母は近くにあった雑誌——たしか父の購読していた分厚い科学雑誌か何かだった——を振り上げた。私は目を閉じ、身を縮めた。

何事も起こらなかった。おそるおそる薄目を開けると、まだ幼稚園の年長組だった珠美が、私の目の前にすっくと立ち、母に向かって通せんぼするように両手を広げていた。

「おかあさん」

珠美が叫んだ。

「おねえちゃんを怒らんといて」

私と母との間に両腕を開いて立っていた幼い珠美の姿が、一度鮮やかによみがえって、ふっと消えた。

体を張って私を守ってくれようとした妹との間に、どうして溝ができたんだろう。珠美は、あれ以来、口紅を嫌うようになった。口紅と一緒に姉のことも疎《うと》ましくなったのだろうか。

「お姉ちゃん」

珠美の声で我に返った。

「お姉ちゃんはぜんぜんわかってない」

そばにあったティッシュを箱から二枚抜き取り、珠美は乱暴に口元を拭った。赤が唇のまわりにも伸びて、血みたいに見えた。

「私らしい色も、私に似合う色も、ぜんぜんわかってえんが」

鋭くそう言い捨てると、椅子を立って行ってしまった。

ひるみそうになる。珠美の言うとおりなのかもしれない。それでも、ここであきらめては元の木阿弥だ。私も椅子から立ち上がり、後ろ姿に精いっぱいの声をぶつけた。

「だけど珠美のこと、わかりたいと思ってたんだよ、ずっと」

珠美の耳に、届いただろうか。

母がお風呂に入っていて、この場面を見ていなくて、よかった。

ぜんぜんわかってない、と珠美は言った。

そうだろうか。――そうだろう、と思う。すぐそばで同じ事件を体験していながら、珠美と私とではまったく反対の方向へ進んだ。珠美は口紅を嫌い、私は口紅に惹かれる。

少し違う。ずっとそう思ってきた。私は家族の中で少し違う。母も珠美も私のことを少し違うと思ってきたのではないか。

「馬場さんはどうしてビューティーパートナーになったんですか」

「あら」

ショーケースに口紅のサンプルを並べていた馬場さんは手を止めて振り返った。

「さては、また悩んでるのね」

「いいえ、悩んでるわけじゃないんです。ただ、あの、ええと」

「ほらほら、立ち止まってないで、手を動かして」

本社から送られてきたサンプルの箱をひとつこちらに押しやりながら、馬場さんは鼻歌を歌うみたいに言った。

「ひとをきれいにするのって、楽しいじゃない」

楽しいばかりでもない。素直にきれいになれないひともいる。そう思ったけれど、口には出さなかった。キャリアの長い馬場さんのほうがよくわかっているはずのことだ。

「わからなくなってきちゃいました。ひとをきれいにするって、つまりどういうことなんでしょうね」

箱を開け、中から乳液のミニボトルを一本ずつ取り出して棚にしまう。ひとをきれいにするのに近道などない気がしている。そこへ続く道ははるかに遠い。

「私たちにはメイクの腕があるじゃない。この技術でそのひとらしさを出してあげればいいんじゃないかな」

そんなに簡単に「そのひとらしさ」なんて言われたら困る。黙ってしまった私のほうを馬場さんは横目でちらりと見て、軽やかに微笑んだ。

「悩むことなんかないのよ。どんなことをしたってそのひとらしさは出ちゃうんだから。流行のメイクをしたって、みんな同じに見えるメイクだって、怖いくらいそのひとらしさが出る。つまりね、似合うメイクをするってことがそのひとらしさを出すってことなんじゃないかしら。きれいにするってことは、そのひとらしさを出すってことなの」

わかるような、わからないような。

「じゃあ、そのひとらしさはこちらが見つけなくても、ううん、本人が意識しなくても勝手ににじみ出るってことですか」

「そうよ。だってわざわざ探して見つけ出してあげなくても、そのひとはそのひとなんだから」

そのひとらしさってそんな簡単なものじゃないと思う。馬場さんも、少し違う。ぜんぜんわかってない、と妹に言われてしまった姉とは、きっと少し違うのだ。あ。

私が少し違うんじゃなくて、馬場さんが少し違う？

少し違うのは、もしかして、私だけじゃないんだろうか。少し違うのは、馬場さんであり、珠美であり、母であったりもするんだろうか。私たちはそれぞれが、少し違う、少し違う、と感じながら、これまでやってきたのかもしれなかった。自分を違うと思ったり、相手を違うと思ったり、そのときそのときで支えになったり反発したりさまざまに変化しながら。

「だとしたら」

思わず声が出た。馬場さんが穏やかな目でこちらを見る。

「少し違う、ってところを大事にすればいいんでしょうか。少し違うところこそが、そのひとらしさなんでしょうか」

「ああ、若いって大変ね。新人らしい悩みが初々しくてうらやましい」

「馬場さん、そんなに違わないじゃないですか。馬場さんだってじゅうぶん若いですよ」

すると馬場さんは、脇に置いてあったサンプルの箱を全部こちらに押しやった。

「失礼ねえ、ほんとに違わないのにさ。ほんとにじゅうぶん若いのにさ。ま、面倒な仕事は新人さんに任せて、ベテランは楽させてもらおうっと」

新人と呼ばれるのも、あとどれくらいだろう。この職場で私は何か成長できただろうか。

「いらっしゃいませ」

カウンターに近づいてくるお客さんに馬場さんが笑顔を向ける。私も笑顔を投げかけようとするものの、馬場さんほどうまくは笑えない。何をどうしていいのかもわからず右往左往していた四月から、あんまり変わっていない気がする。少なくとも、売り上げはほとんど伸びていない。

だけど、少し違う。今の私は少し違う。珠美の珠美らしさを、そして私の私らしさを新しく考え始めたところだ。

小宮山さんに、と聞こえた気がして顔を上げた。マダムだった。気まぐれのように現れて、せっかくつくったカードにもポイントをつけたりつけなかったり、もちろんビューティーパートナーが誰であっても気にも留めていないのだと思っていた。馬場さんが手招きしている。マダムが私を指名してくれたらしい。

「いらっしゃいませ、こんにちは」

びっくりしながらもマダムの正面へ移動する。

「今日はね、口紅。どうかしら、ちょっとイメージを変えたいと思ってるんだけど、選んでもらえない？」

すぐに、新色から一本を選び出した。今のマダムにならこれだ。紫がかったローズ。いつか来た、みずえさんにも似合うような色だ。こんな色、このカウンターには今までなかった。また浜崎さんが来てくれないかな、と思う。そうしたら、みずえさんへのプレゼントに薦められるのに。

「あらやだ、さすがにこの色は似合わないわ」

マダムはゆるやかに手を振って拒否してみせた。そんなことはない。いつもシックでクールだったマダムが、少しだけ打ち解けて私を指名してくれたところに新しいマダムらしさがあると思う。この色を試してほしい。対照的に思える色ほど、実はぴったりと似合うことってあるはずだ。

この間の珠美の真っ赤な口紅も、よく似合っていた。重い記憶がよみがえったせいで、すぐに拭き取ってしまったけれど、あれはたしかに似合っていたと思う。

「一度だけでも、どうぞお試しになってみてください。きっとお似合いになります」

笑顔で勧める。マダムはちょっと首を傾げていたが、

「そうね、合わなければ取ればいいんだものね。メイクのいいところって、そこよね」

そう応じてくれた。マダムの言うとおりだ。メイクは何度でもやり直せる。失敗したら取ればいい。そしてまたやり直せる。好きな顔になるまで、好きな自分になれるまで何度でも。

新色の口紅をたっぷり筆に取って、マダムに渡す。

鏡を見ながらつけた瞬間、あっ、という顔になった。みるみるうちに笑みが広がる。ぱあっと笑顔をほころばせて、

「こんな顔、何年ぶりかしら。ねえ、このシャドウも似合う？」

マダムは弾んだ声で、同系色のシャドウを指した。

メロディ・フェアが流れ始めたとき、私は何も期待していなかった。フロアの奥から歩いてくるふたり連れを見ても、あまり気にせず顧客データの整理をしていた。視界の隅に入るふたり連れが、だんだんこちらに近づいてくる。ひとりが何かをいい、もうひとりが顔を寄せて笑っているようだ。楽しそうだな、と目を上げたら、そこに立っていたのは珠美とミズキだった。

「どどどどうしたの、あんたたち」

思わず真顔で聞くと、

「そこで会ったのよ。すぐにわかった。ミズちゃん、ぜんぜん変わってなかったから」

薄いナチュラルメイクのミズキが言った。

「あんたたちとは何よ。お客に向かって失礼ねえ」

「お客？」

「そうよ、口紅を買いに来たのよ」

珠美がすまして答える。どうして、と聞きたくなるのをかろうじて抑えた。もしかしたらあれから珠美も悩んだのかもしれない。珠美の珠美らしさについて。私の私らしさについて。どんな答が出たのか、よくはわからないけれど。

「えっと、あの、いらっしゃいませ」

馬場さんが不思議そうにこちらを見て、それからミズキの正体に気づいたようだ。

にっこりと微笑んで、

「いらっしゃいませ。お待ちしておりました」

まるでほんとうにずっと待っていたかのようにお辞儀をした。

退院してどれくらい経つのだろう。リハビリもすっかり終えたらしい。

「やっと来られたよ」

ミズキのやわらかそうな頬に赤みが差す。鉄仮面を脱いで、新しく歩き出そうとしている姿がまぶしいくらいだ。

「ここで買いたいとずっと思ってたんだ」

「今のメイク、お客様にとてもよくお似合いですよ」

ミズキは馬場さんの言葉を聞くとくねくねした。照れくさいんだろう。

そのままでいいんだ。ミズキはそのままがいいんだよ。

胸の中だけでそう言ってから、思いついて言い直す。今度はちゃんと声に出して。

「そのまま行けよ。行けばわかるさ」

「あら」

馬場さんが私のほうを振り返った。

「今、うまいこと言ったと思ってるでしょう。私の前でジャイアント馬場の名台詞を使って」

「はい。わかっていただけてうれしいです」

「ブッブー。それ、アントニオ猪木の引退試合のときの台詞のもじりですから」

エスカレーターのほうから様子をうかがっていたらしい花村さんが、うれしそうに近づいてくるのが見える。遠巻きにしていたミズキに、やっと声を掛けられそうなのがうれしいんだろう。

私は、珠美のほうを向いた。

「お客様は、口紅をお探しだそうですね」

「腕のいいビューティーパートナーに、似合う口紅を選んでもらおうと思って」

馬場さんは、珠美のほうへ視線を走らせて、

「いい妹さんね。あなたにそっくり」

と私に囁くと、

「お姉さんにしっかり選んでもらって、ついでに買ってもらうといいわよ。このひ

と、こう見えて凄腕だから。じゃ、お邪魔しちゃなんだから、私はこれで」

楽しそうに手を振って、上がっていってしまった。いくら早番でも定時よりちょっと早いぞ。馬場さんが小鳥のように軽やかに飛び去っていくのを目で追っていたら、珠美が早口でつぶやいた。

「とらわれてた」

「え」

「あの晩、お姉ちゃんに化粧してもらって気がついた。私は化粧にとらわれてた」

きまり悪そうに斜め下のあたりを睨むようにして珠美が続ける。

「化粧をせんことで自由なつもりでいたけど、違ったみたい。あの口紅をつけて鏡に映った自分の顔が衝撃やったわ。私にもこんな顔があったんか、って。化粧でどんな顔にもなれる。逆に、どんな口紅をつけても私は私。そう思えるようになりたい」

珠美にはほんとうにあの赤が似合っていた。でも、今日は別の色を薦めてみよう。

「これ、新色。試してみる？」

ショーケースの中から口紅を二本取り出してみせる。

「春の新色には愛称がついてるの。こっちがスリーピング・ビューティー。眠り姫が目覚めたときの唇のイメージだって」

「どんな色やし。百年眠り続けたら、唇まっ青でない？」

白っぽいパールの口紅に珠美は微塵も興味を示さなかった。

「それでこっちが、メロディ・フェア。唇から音楽が流れ出すような、弾むような色」

珠美の目が私の手元の口紅にすいっと吸いつけられる。花村さんと笑いあっていたミズキが振り返る。

くるくるとスティックをまわすと、春の野原の陽射しのようないきいきしたピンクが現れた。

「それ、ほしい」

珠美とミズキが同時に手を伸ばした。

番外編　若葉のころ

五時半に仕事を上がり、速攻で着替える。社員駐車場まではほとんど小走り。黒い軽の運転席に飛び乗ったら、むわっと甘い香りがしてむせそうになった。何これ、なんの匂い。フロントガラスの前のピンクのレイは、いったい誰がいつ置いたの。バックミラーの向きがずれていて、おまけにそこに三国成田山《みくになりたさん》のお守りがぶら下がっているのを見つけたときには、どこの誰がこんなことをと憤りかけて、ハッとした。これ、あたしの車じゃないわ。間違えたんだ。あわてて車から転がり出て、ドアを閉める。さっとあたりを見まわしたけど、幸い近くにひとはいなかった。ああ、よかった。何食わぬ顔でその場を離れる。いやだもう、不用心なんだから、鍵くらいかけておきなさいよ。

　二区画奥に、今度こそほんとにあたしの車を見つけた。運転席のドアを開ける。はは、あたしも鍵はかけていない。助手席のチャイルドシート、ダッシュボードのギズモ人形、天井にはカーラー。カーラーは、朝、髪を巻いて出勤し、駐車場で外す。百均で売っている、巻きっぱなしで止め具のいらないタイプなら、外してそのまま天井にくっつけておける。これはとっても便利でおすすめなのに、天井にカーラーがついている車を見たことがないのはどういうわけだろう。あ、ほのかにフローラルが香っている。この春、うちの会社で出した新商品のミストだ。それを今朝、車内でシュッとひと吹きした残り香がまだ漂っているのだ。いいなあ、優雅だなあ。朝のあたし、ナイスだったね。

気分よく車を発進させて、だだっ広い駐車場を出る。今、五時四十一分だ。ここから保育園まで平均十二分。園には六時までに迎えに行かなきゃいけないから、猶予は七分か。ちょっと厳しいな。信号に引っかかると十三分かかるし、園のすぐ近くに車を停められないとさらに一分、二分が過ぎてしまう。やっぱり、職場の駐車場は三十九分には出たい。しかたがない、今日はあきらめるか。

田んぼが続く道沿いの、コンビニ。左手にその魅力的な看板を見ながら、アクセルを踏み込んで通り過ぎる。ああ、さよなら、あたしのオアシス。ここでアイスバーを一本買って、駐車場でしゃくしゃく食べるのがあたしのひそかな楽しみだったのに。六時を一分でも過ぎると、延長保育料を取られてしまう。ささやかな楽しみと引き換えに支払うには、延長保育料は痛すぎる。

昔はひとりでいるのがさびしくてさびしくてしかたなかった。こーくんとつきあうようになって、別々の部屋に帰らなくてもよくなって、あたしは巨大なしあわせの繭に包み込まれたみたいな気持ちになったものだ。ずーっと一緒にいていいなんて、ひとりぼっちにならなくていいなんて、そんな世界があるなんて知らなかった。

やがて果実《このみ》が生まれて、あたしたちはものすごくしあわせで。——でも、なんだか様子が変わった。様子というのはあたしの様子だ。朝から晩まで二時間おきに泣く娘を育てるうちに、こーくんが帰ってきても前みたいににっこり笑顔で迎えられない日が増えた。なにより、ひとりになりたくてなりたくてしかたがなくなった。あんなにひとりが嫌いだったのに。あんなに怖かったのに。

もちろんわかっている。いつもこーくんがいてくれるから、どんなときでも果実があたしを求めてくれるから。だからひとりになっても平気なんだ。ひとりになりたいなんて贅沢なんだ。そう思いながらも、たまに贅沢がほしくて、やりきれない。

出産で辞めた職場へパートとして戻ってからは、仕事と育児と家事をこなしている。なんていうとちょっとかっこいいけど、たぶんあたしは育児だけじゃ駄目で、家事だけなんてもちろんとんでもなくて、だけど仕事だけでも駄目で、三つあるのがちょうどいい。仕事をしている間は娘と離れていられて、それはきっと精神的にキモかわいいじゃなくて、ええと、なんだろう、痛キモチイイに近い感じだ。入園させたばかりのころは、朝、大泣きされて後ろ髪をぐいぐい引かれる思いだったけれど、ピンクの制服を着てカウンターに立つとびしっと背筋が伸びた。家にいては得られない快感だった。ビューティーパートナーであってこそ、馬場《ばば》あおいだと思った。

保育園に向かって車を走らせながら、ちょっとしんみりする。あのころから、何が変わったんだろう。カウンターに立つときの緊張感と快感は変わらないのに——と言いたいところだけど、やっぱりちょっと変わったんだと思う。

今は、もう少しボリュームが下がった感じだ。仕事って、慣れる。ちょっとずつ、飽きる。先輩が異動になって、後輩が入ってきたと思ったら辞めて、また新人が入ってきて。ようやく落ち着いてきた。そのせいもあるかもしれない。

果実は春から小学生になる。今から戦々恐々としている。小学一年生の壁、というのをよく聞くではないか。保育園と違って、小学校は信じられないくらい下校時間が早い。当然、学童保育に行ってもらうことになるけれど、ここはお迎えが六時厳守、それに遅れると閉め出されるという。だいたい、小学校に上がって勉強が始まるというだけで内心ひやひやしているのだ。あたしもこーくんも勉強が得意なほうではない。それでもなんとかやってこられたのだから、果実にもがんばってもらうしかないのだけど、考え始めると心配できりがない。


携帯が鳴った。

バッグの中から探りあてて表示を見ると、小宮山結乃《こみやまよしの》、と出ている。遅番の彼女は、まだひとりで職場で奮闘しているはずだった。とっさに、緊急事態だと悟る。これまでに彼女から電話がかかってきたことは一度もない。夕方の地元のテレビ番組でハッピーメイクシリーズが紹介され突然お客様が大挙して押し寄せたときも、大きめの地震でショーケースの中の商品が全部倒れたときも、彼女はひとりでやってのけた。

「もしもし」

心細げな声がした。よっすぃーの声だ。あたしは勝手に彼女を心の中でよっすぃーと呼んでいる。

「小宮山と申しますが、馬場さんですか」

名乗らなくてもわかる。それに、確認しなくても携帯なんだからあたしが出るに決まっている。よほど動揺しているらしい。

「そうだけど」

答えながら、車を路肩に寄せて停める。

「どうかしたの」

「……すみません」

よっすぃーの消え入りそうな声が聞こえる。大方、カウンターの内側にしゃがんでかけているのだろう。

「いいから言って」

あたしはダッシュボードの時計の青い数字を睨みながら携帯を握り直す。

「新井《あらい》さんが」

「新井さんがどうしたの」

「どうしても馬場さんに見てもらいたいって」

新井さん。二十代半ばのお客様だ。最初は、ファンデーションの色をアドバイスしたのだったか。

「今日はもう帰った、って言ってくれたんでしょ?」

新井さんの自信なさそうな顔を思い出し、少しいらいらして尋ねた。

「すみません、もちろんそう言ったんですけど、どうしても、どうしても、馬場さんに見てほしいって」

「果実の迎えに間に合わないのよ」

そう言ってから、ふと、よっすぃーが困っているときの八の字眉を思い出した。今もきっと思いっきり眉を下げているんだろうなあ。

「……どうしても、どうしても、って、あの、新井さん、泣かれて、あの、どうしようも」

「わかった」

よっすぃーの言葉を遮った。

「今、戻るから」

「ほんとですかっ。ありがとうございますっ」

ぶんっと大きく頭を下げたのだろう、携帯から空を切るような音が聞こえた。

保育園に連絡を入れ、今来た道を引き返す。

なんとなく、気配はあった。もう少し早く手を打つべきだったのかもしれない。

新井さん。足繁く通ってくるお客様。

ファンデーションを選ぶ際に、本人が思っているよりも一段あかるいトーンをすすめたら、思いのほか似合ってよろこんでくれた。きっかけはそれだけだったと思う。それからはなぜだか妙にあたしを信頼してくれて、メイクに関するいろんな相談を受けるようになって、もちろんあたしも全力でアドバイスして。アドバイスの比重がだんだん大きくなっていく気がしたけれど、曲がりなりにもこちらはプロだ。新井さんはどんどんあか抜けていった。もちろんいいお客様でもあった。月に一度の来店だったのが、二度、三度に増え、やがて週に何度も現れるようになった。着ている服に合わせて口紅を選んでほしいと言われることもあったし、流行の眉の描き方を教えてほしいと頼まれたこともある。それはビューティーパートナーの正しい活用法であるといえよう。こちらとしても、丁寧に応対してきたつもりだ。

しかし、この頃は、どうもパートナーの関係ではなくなってきた感じがしていた。彼女が横柄になったのではない。その逆だ。あたしのアドバイスを鵜呑みにする。居心地が悪かった。まったくもって居心地が悪かった。そんなに頼っちゃだめよ、と言いたかった。あたしにも、そして、化粧品にも。このままではよくない、と思った。

社員駐車場に車を停め、深呼吸をしてから歩き出す。日が長くなったとはいえ、外は日が沈みかけていた。あくまでもビューティーパートナーとして応対してきたのだから、ピンクの制服に着替えるべきだろう。でも、今もカウンターを挟んで新井さんと対峙しているよっすぃーを想像すると、ともかく一刻も早く駆けつけたいと思った。

私服のまま足早にカウンターに近づくと、ふたりともはっとしたように顔を上げてあたしを見た。

「お待たせしました」

今日はドルマンスリーブのだぼだぼセーターにレギンスにブーツ、いつもの制服とは程遠い姿だったのに、たぶんそんなことはどうでもいいくらい切迫していたのだろう。ふたり同時に、

「馬場さん！」

希望に満ちた目であたしを見ている。あたしってばまるでヒーローみたいだ、と一瞬だけ思ってから首を振る。ヒーローじゃない。ここではパートナーじゃなくちゃいけないんだ。

「馬場さん、今夜、前に話したパーティーなんです。無理を言ってるのはよくわかってるんですけど、どうしても馬場さんにメイクの仕上げを見てもらいたくて」

勢い込んで新井さんが話す。その向こうで、よっすぃーがうつむいている。そういえば、大事なパーティーがあるのだと言っていた覚えがある。

「とてもよく仕上がっていて、おきれいです」

あたしが言うと、新井さんの表情があかるくなった。

「よかった。馬場さんにそう言ってもらえて。それで、これから水色のワンピースに着替えるんですけど、それに合う口紅を見立ててもらえませんか」

ええ、もちろんです、と答えるのがいちばんいいのはわかっていた。これは仕事なのだ。だけど、それだけじゃ済まない、済ませちゃいけない、気がした。

あたしが答えないでいたら、新井さんは念を押した。

「お願いできますよね？」

しかたがなかった。きちんと話さなきゃいけなかった。

「新井さん、口紅ならたくさんお持ちではありませんか。このカウンターでもずいぶん買ってくださいました。水色のワンピースに似合う一本もきっとあるはずです」

「でも、もっと似合うのがほしいの。完璧なメイクで今夜のパーティーに出たいんです。私、ここのハッピーメイクと出会って、新しい自分に変われたから」

わかる。その気持ち、わかりすぎるくらいわかる。そう言いたいのをぐっとこらえる。

あたしは小さいころから背が高くて、おまけに顔がきれい系だったために、こども時代にはずいぶん損をした。あだ名はジャイアント馬場だったし、同じ歳の子たちからはちょっと引かれて、こどもらしい遊びの輪の中に上手に溶け込めずに過ごした。

でも、高校生のときに姉の見よう見まねで初めてメイクをした日、あたしは変わった。ううん、世界のほうが変わったのかもしれない。気がつくと、世界の感触がまるで違っていた。老け顔だなんて誰も言わない。美人顔、だ。男の子と恋をすることができるなんて、それまでは思ってもみなかった。世界のどこにぶつかっても痛くない。転んでも傷つかない。

あたしはあの感激を忘れない。ひとりでも多くのジャイアント馬場を、恋する女の子に変えてあげたい。そう願って、ビューティーパートナーになったのだ。

メイクでひとが変わる。世界が変わる。その気持ちは、誰よりもわかるつもりだ。だからこそ、頼りすぎちゃいけない。メイクなしでは何もできなくなってしまう。

「そんなふうに言っていただけるのは、ビューティーパートナーとして冥利に尽きます。ほんとうにありがとうございます」

あたしは深々とお辞儀をしたけれど、私服だから今ひとつサマにならなかったと思う。

身体を起こし、新井さんのほうへ一歩近づく。

「メイクでハッピーになる、それが弊社のモットーとしているハッピーメイクです。でも、メイクにできるのは、ほんの少しの手助けだけなんです」

正面から目を見て話したけれど、うまく伝わったかどうか。果たして、彼女は首を横に振った。

「ほんの少しでいいの。手助けがほしいの」

「わかります」

よっすぃーが深くうなずいている。うなずいている場合じゃないんだってば。目くばせをしたけれども気づいた様子はない。

「メイクに頼りすぎないほうがいいです」

ちょっと声の調子が強くなったかもしれない。新井さんが心細げに視線を落とした。

違う、突き放したいんじゃない。だけどぴったりな言葉が見つからなくて、ちょっと詰まってしまう。すると、よっすぃーが、あのう、と口を挟んだ。

「もしかして口紅じゃなくて、アイラインじゃないでしょうか」

いきなりわけのわからないことを言い出した。

「新しく変えるとしたら、きっと、アイラインです」

そう言って、カウンターからリキッドタイプのアイライナーを目の高さまで持ち上げてみせている。

「どうして？　水色のワンピースに合う色の口紅がほしいのに」

「もしかすると、色じゃないんじゃないかと思うからです」

控えめな口調で、よっすぃーが言う。色じゃない、というのはどういうことだろう。

「よかったら、ぜひアイライナーをお試しになってみてください」

趣旨はよくわからないが、何か考えがあってのことなのだろう。心配よりも好奇心が勝った。ここはよっすぃーを信じて任せよう。なんだか、ワクワクしてきた。

「新井さん、ぜひいかがですか。こう見えて小宮山は目元のマジックさんですから」

マジックさん。われながら意味がわからない。よっすぃーも一瞬ひるんだように見えたが、すぐに気を取り直して、にっこりとスマイルをつくった。

「だいじょうぶです、私もメイクでハッピーになりたい気持ちはおんなじです」

メイク用の低いカウンターで、まだ半信半疑な様子の新井さんとよっすぃーが向かい合う。

よっすぃーが新井さんの目の縁に丁寧にラインを引いていく。迷いのない手つきに、ひそかに驚いた。いつのまにこんなに美しいラインをつくりだせるようになっていたんだろう。もともとペンシルで描かれていたラインを活かしつつ、パーティー映えするように黒い瞳が縁取られていく。

「いかがでしょうか」

よっすぃーが引き寄せた鏡に向かって、新井さんは目を見開いた。新しい顔がそこに映っていた。目尻をほんの少し上げただけで、きつくなるのではなく、瞳の存在感を際立たせた意志的な表情が生まれている。

新井さんは鏡の中の自分の顔をじっと見ていた。検分するみたいに瞼を閉じたり開いたりしてから、

「睫毛の生え際からコンマ五ミリくらい、いつもより外側にラインを引いてありますよね」

「よくおわかりになりましたね」

よっすぃーがほんとうに感心しているような声で相槌を打つ。

「そのほうがお似合いになると思うからです」

「そうかな?」

新井さんに聞き返されて、大きくうなずいた。

「完璧に似合っていらっしゃいます」

よっすぃーは不思議だ。声の調子は強くないのに、なぜか力がある。お客様のすぐそばに立っている感じがする。

「そう言われてみると、なんだか似合ってるような気がしてきたかも」

「気がするだけじゃなくて、お似合いです、とっても」

横からあたしも口を添える。

新井さんはカウンターに置かれたリキッドアイライナーをまじまじと見ていたが、もしかして、とつぶやいた。

「……これ、前に馬場さんに薦めてもらって買ったアイライナー？」

「ええ。すでにお持ちになっているものと同じですね」

鏡の中の新井さんが一度大きく瞬きをした。

「そっか。ちゃんと持ってたんだ。なのに、ぜんぜん使いこなせてなかった。ごめんなさい」

「謝られるようなことじゃないです」

あたしは急いで首を振った。

メイク次第で見違えるようになるけれど、メイクの力は見た目を変えるだけではない。内面にまで深く影響する。たった一本のアイラインが、その人の眠っていた力を呼び起こす。でも、それをちゃんと伝えられなかったのはあたしの力不足だ。

「メイクに頼るんじゃなく、メイクを踏み台にするくらいの気持ちでいらっしゃるといいです」

新井さんは恥ずかしそうにうなずいた。

「私、変わったつもりでいたけど、変えてもらっていただけだったのかもしれないです。ありがとう」

最後の「ありがとう」はたぶんよっすぃーに言ったほうがいい。あたしからも、よっすぃーに「ありがとう」の気分だ。

発見だった。メイクの仕方にも、お客様への寄り添い方にも、なによりまだ新人だと思い込んでいたよっすぃーという後輩にも、新しい発見があった。おもしろかった。ワクワクしていた。仕事でワクワクするのなんて、ちょっと久しぶりだった。

ありがとうございました、とふたりで新井さんを見送る。それからよっすぃーはあらためてあたしに向かって深々と頭を下げた。

「馬場さん、退社された後だったのに、ほんっとうにすみませんでした」

「ううん、気にしないで。それより、ありがとう」

よっすぃーのおかげで、またワクワクしている。思い出した。あたし、この仕事がほんとうに好きだ。

ビージーズの「若葉のころ」が館内放送で流れ始める。ということは、六時二十分か。延長保育は七時までだから、帰りにアイスバーを買う余裕はあるな、とちらっと思った。でも、今日は早く果実に会いたい。

「二年になるんだっけ」

「はい？」

「若葉マーク」

「え、あの初心者マークのことですか？　免許を取って一年間だと思いますけど」

ふふ、と思わず笑う。

「ひとの二倍かかったわねえ」

「何がでしょう」

「だから、若葉マークの卒業。外していいわよ、今日で」

わけがわからないという顔をしている小宮山結乃を前に、じゃ、果実が待ってるから、とあたしは手を振った。

本書は、二〇一一年一月にポプラ社より刊行された作品に
書き下ろしの番外編を加え、文庫化したものです。

メロディ・フェア

宮下奈都

2013年4月5日　第1刷発行
2016年4月9日　第3刷

発行者　長谷川 均
発行所　株式会社ポプラ社
〒一六〇-八五六五　東京都新宿区大京町二二-一
電　話　〇三-三三五七-二二一二（営業）
　　　　〇三-三三五七-二三〇五（編集）
振　替　〇〇一四〇-三-一四九二七一
ホームページ　http://www.poplar.co.jp/ippan/bunko/
フォーマットデザイン　緒方修一
印刷・製本　共同印刷株式会社

N.D.C.913/295p/15cm
ISBN978-4-591-13430-6
落丁・乱丁本は送料小社負担でお取り替えいたします。
小社製作部宛にご連絡ください。
製作部電話番号　〇一二〇-六六六-五五三
受付時間は、月〜金曜日、9時〜17時です（祝祭日は除く）。